상냥한 수업

이 책은 NHK(일본방송협회) 〈인간대학〉이라는 프로그램에서 '아이들에게 배운다'는
주제로 기획, 방영되었던 하이타니 겐지로 12부작을 바탕으로 다시 썼습니다.

상냥한 수업

하이타니 겐지로와 아이들, 열두 번의 수업

양철북

소설과 동화, 그림책을 쓰다 보니 아이들한테, 어른들한테 편지를 자주 받습니다.

"하이타니 겐지로 씨는 어떻게 그렇게 아이들 마음을 잘 아세요?"

어? 하고 생각합니다. 내가 아이들 마음을 잘 아나?

"온 가족이 하이타니 겐지로 씨 책을 읽고 있습니다. 언제나 살아가는 힘을 얻습니다."

그렇게 생각해 주는 것은 기쁘지만, 내게는 결코 그런 힘이 없습니다.

오해를 받을 수도 있겠지만 나는 아이들을 위해, 아이들에 대해 생각하거나 글을 쓰는 것이 아닙니다. 아이들을 젊은이들이라는 말로 바꾸어도 마찬가지입니다.

내게 누구를 위해 글을 쓰냐고 묻는다면, 나 자신을 위해서라고 대답할 수밖에 없습니다.

사람을 생각하는 것이 글쟁이의 일입니다.

사람 가운데 가장 흥미로운 존재가 어린이입니다. 어린이가 가장 신비롭고 심오하다고 생각합니다.

나는 날마다 바다를 바라보며 살고 있는데, 바다는 하루도 같은 날이 없습니다. 그렇기에 절대 질리지 않습니다.

아이들도 마찬가지입니다. 하루도 같은 날이 없습니다. 아이들은 하루하루 변화합니다. 성장한다고 해도 좋겠지요.

그 모습을 보거나 생각하는 것은 무척 즐거운 일이고, 무엇보다 그 덕분에 나 자신이 변화할 수 있으니 고마운 일입니다.

그러니 앞으로도 나는 아이들과 함께 살아갈 생각입니다.

하이타니 겐지로

· 차례

첫 번째   어린이시 잡지 〈기린〉 ———————— 9

두 번째   아이들의 가능성은 잴 수 없다 ———— 23

세 번째   마음을 잇는 신비한 실 ———————— 35

네 번째   아이들의 상냥함 ————————————— 47

다섯 번째   천천히 가고 싶은 아이들 —————— 63

여섯 번째   교육의 두 바퀴 ——————————— 77

일곱 번째   말 너머에 있는 것 ————————— 91

여덟 번째   어린이라는 작은 거인 ——————— 105

아홉 번째   인간에 대한 수업 ————————— 119

열 번째 / 생각하는 수업1   교실에서 처음 생각을 말한 아이 —— 133

열한 번째 / 생각하는 수업2   엄격한 것은 상냥한 것 ———— 145

열두 번째   소중한 생명들 속에서 ———————— 159

하이타니 겐지로 한국 강연
사람의 마음이 없는 교육은 아이들 속으로 들어갈 수 없다 ——— 172

어린이시 잡지 〈기린〉

아주 젊었을 때 일입니다.

나는 잡지 한 권을 손에 들었습니다. 종이가 몹시 거칠고 얄팍한 갱지였지만 어딘지 당당한 품격이 있었습니다.

잡지를 읽어 내려가자마자, 나는 빨려 들었습니다.

'나는 나쁜 짓을 했다'라는 초등학생의 글이 실려 있었는데, 큰 충격을 받았습니다.

소년은 학교에 낼 급식비를 다 써버립니다. 그리고는 엄청난 정신적 갈등을 겪습니다.

어쩌자고 이런 짓을 한 걸까. 내일 선생님한테 뭐라고 하지? 어떡하지? 지금이라도 사실대로 털어놓을까. 아냐, 안 돼. 선생님한테는 벌써 거짓말을 해버린걸.

소년은 이렇게도 말합니다.

나쁜 짓이야. 벌써 두 번째야. 들키면 어차피 야단맞을 텐데. 한 번이든 두 번이든 야단맞는 건 마찬가지잖아. 죄다 써버린걸. 모르겠다, 될 대로 되라지.

그렇게 소년은 수렁으로 빠져듭니다. 몇 번이고 그런 짓을 되풀이하다가 몇 번째인가에 결국 들키고 맙니다.
다행히 가족이나 선생님은 무턱대고 야단만 치거나 몰아세우지 않고 소년을 타이릅니다.
소년은 반성합니다.
하지만 곧 한번 맛본 달콤한 유혹에 지고 말지요.
또다시 같은 일을 저지릅니다. 그리고 지옥으로 곤두박질칩니다.
소년은 그런 자신에게 절망합니다. 결국 가출을 하고 강가에서 한뎃잠을 잡니다. 대나무로 철봉 하는 인형을 만들어 놀면서 자신을 위로합니다.

1학년 때가 생각난다. 공원에 있는 철봉에 올랐다가 보기 좋게 떨어졌지. 올랐다가는 떨어지고 떨어지면 또 오르고……. 처음 내 힘으로 철봉에 올라갔을 때는 정말 기뻤는데. 친구들도 손뼉을 치며 좋아해 주었고. 다시 4학년 때쯤으로 돌아가고 싶다. 그럼 이런 나쁜 짓도 안 하고 지금쯤 즐겁게 공부하고 있을 텐데…… 4학년 때로 돌아가고 싶다. 나쁜 짓 같은 거 하나도 하지 않던 4학년 때로 돌아가고 싶다.

이 부분을 읽으며 나는 쏟아지는 눈물을 참을 수 없었습니다.

소년은 여러 차례 공금에 손을 댔습니다. 흔히 말하는, 의지가 약한 구제불능 인간입니다.

그러나 자신을 꾸짖고 또 꾸짖으며 살고 있었습니다.

소년은 이렇게도 썼습니다.

선생님한테 야단맞는 것보다, 내가 저지른 짓에 나 자신이 어이없고 한심해서 눈물이 자꾸 나는 것 같았다.

인간은 누구나 약한 부분을 갖고 살아갑니다. 나도 어린 시절에는 욕망을 못 이기고 한심한 삶을 살다가 자신에게 절망하기를 되풀이했기 때문에 소년의 일이 꼭 내 일처럼 느껴졌습니다.

자신을 직시한다는 점에서 소년은 대단한 사람이라고 할 수 있습니다. 자신을 직시함으로써 인간의 깊은 부분까지 들여다봅니다.

소년은 이런 말을 합니다.

"거짓말을 해서 괴로워도, 즐거울 때가 있다."

이런 말도 합니다.

"너무 친절하게 대해 주면 거짓말한 것이 괴로워진다."

자기 마음의 움직임을 정확히 들여다보고 있습니다.

어른들은 곧잘 아이들을 얕잡아 보지만, 때론 아이들이 우리보다 훨씬 더 어른입니다.

인생의 심연까지 들여다볼 수 있으니까요.

소년의 글 '나는 나쁜 짓을 했다'는 백 몇십 장에 이르는, 일본 글짓기 역사상 전례가 없는 장편이었습니다. 그런데 이 글을 한 권에 다 실은 것이 바로 어린이 잡지 〈기린〉입니다.

〈기린〉은 1948년에 창간되어 1971년까지 23년 동안 발행되었습니다.

이노우에 야스시, 다케나카 이쿠, 사카모토 료, 아다치

겐이치 들이 만들고, 학교 현장의 교사들이 떠받쳤다고 할 수 있습니다. 재미있는 것은 잡지를 만든 사람이 모두 시인이라는 점입니다. 잡지의 지향점을 교육적인 것에 두지 않고 아이들을 있는 그대로 바라보고 아이들의 천성을 믿었다는 얘기겠지요.

그들은 아이들이란 얽매이기 싫어하며 자유롭고 활발할 뿐 아니라 섬세한 인간의 원형이라고 보았습니다. 아이들을 존중했지만 그렇다고 아이들이 특별한 존재인 양 칭송하지는 않았습니다.

훗날 〈기린〉의 출판을 맡은 리론샤의 고미야마 료헤이 씨는 러시아의 시인이자 어린이문학가인 코르네이 추콥스키에게 보낸 메시지에서 〈기린〉의 어린이관을 추콥스키의 사상을 빌려 정확하게 적었습니다.

여기에 소개합니다.

어린이, 그들은 당신에게 단순히 미숙한 존재가 아닙니다. 가장 완벽한 창조물이며 손상되어서는 안 되는 인류의 원형이었습니다.

어린이는 결코 쓸모없는 존재이거나 귀여운 애완물이

아니라, 인간의 일생에서 가장 풍요롭고 의미 깊은 노동을 하는 지적 노동자이자 인류 창조성을 보장하는 원동력입니다. 어린이는 낙천적이고 진취적이고 자유로운 존재이며, 바라보는 것만으로도 우리 마음에 평화를 깃들게 하는 사상가입니다. 이런 어린이들한테는 가르칠 것보다 배울 것이 많다는 점을 당신은 항상 지적했습니다.

흥미롭게도 오랫동안 아이들의 언어를 조사하고 연구해서 《두 살에서 다섯 살까지》라는 명저를 쓴 추콥스키도 아이들의 언어는 아름다울 뿐 아니라 학문적으로 높은 가치가 있다고 하면서도 그것을 특별히 칭송하는 것을 경계했습니다. 아이들을 지나치게 치켜세우다가 그 본질을 잃어버릴까 우려했겠지요.

이런 생각을 가진 〈기린〉은 다달이 아이들의 멋진 발언을 실었습니다.

〈기린〉은 예리한 사회 비판 의식을 가지고 현실의 단면을 적나라하게 보여 주면서도 유머가 녹아 있고 쾌활하다, 도시형이다(아마 당시 유행했던 생활 글쓰기 운동에 따른 평가겠지요), 재치가 넘친다 같은 평가를 받았습니다.

그러나 그런 평가조차 날려버릴 정도로 어마어마한 작품
이 잇달아 탄생했습니다.

조금 읽어 보겠습니다.

인형은
백화점에서
얼마든지 살 수 있지만
나는 어디에도
팔지 않는다
온 세상에
나는 딱 한 사람
그런데 엄마는
나를 야단친다

1학년 야마구치 마사요가 쓴 시입니다.

태풍
6학년 마쓰오카 요시히코

태풍이 왔다

무면허 운전이다
방향 지시등을 안 켠다
속도위반이다
교통순경은
뭐하는 거야

설날
6학년 가나하라 미치코

조금만 있으면 설날이 온다
이제 50미터쯤일까
내일이면 30미터쯤
모레면 20미터쯤
낼모레면 10미터쯤
12월 31일이면 1미터쯤
1월 1일이면
내 눈앞에서 줄넘기를 하면서 놀고 있겠지

〈기린〉에 실린 시는 사회 비판 의식이 있다는 평가를 듣
는다고 했는데, 아마 다음의 시가 여기에 해당할 듯합니다.

팡팡 아가씨
4학년 고자카 다카코

전철을 탔다
내 앞에
팡팡 아가씨가
미국 사람이랑
앉아서 얘기하고 있다
자세히 들어 보니까 영어다
팡팡 아가씨는
바보가 아니다

젊은 사람들을 위해 설명을 덧붙이자면, 패전 후 미군을
접대하던 여성을 '팡팡'이라고 불렀습니다. 그 배경에는 그
런 일을 할 수밖에 없는 가혹한 현실이 있습니다. '팡팡'이
라는 단어는 차별 의식을 담고 있습니다.

이 시는 사회가 그런 일을 하는 여성을 깔본다는 사실을
지적하고 있는 것입니다.

나 아닌 다른 사람에게 다가가려는 아이들의 마음이지요.

요즘 일본은 풍요롭지만 패전 후 오랫동안 가난했습니

다. 아이들도 예외는 아니었습니다.

조개 까기
5학년 도모 후사코

새벽 4시에 일어나
엄마랑 둘이서 조개를 깠다
아기가 훌쩍훌쩍 울기 시작했다
엄마는 "좀 더 자" 하면서
아기 머리를 토닥였다
돈이 있었으면 좋겠다

조개 까기란 조개껍데기에서 조갯살을 발라내는 일입니다. 이 시를 쓴 아이는 도모 후사코라는 5학년 여자아이입니다. 이처럼 지난날의 일본은 아이들도 일을 해야 했지요.
도모 후사코는 이런 시도 썼습니다.

정전
5학년 도모 후사코

정전된 밤

저런 곳에
함석 구멍
꼭 별 같다

가난하다고 해서 아름다운 것을 볼 수 없거나, 아름다운 것을 아름답다고 느끼지 못하는 것이 아니다.

진정으로 아름다운 것은 오히려 생활 속에 있다.

이 시를 읽으면 그런 생각이 들지 않나요? 아이들이 그것을 말해 주고 있습니다. 아이들을 '사상가'라고 하는 고미야마 료헤이 씨의 마음이 이해가 갑니다.

도시뿐 아니라 농촌에서도 수많은 시와 글을 〈기린〉에 보내왔습니다.

다음의 시도 그런 걸작 가운데 하나입니다.

쌀 찧기
3학년 다케모토 마사야스

쌀을 100 찧었습니다
땀이 100 나왔습니다

오사카의 기시와다 시에 야마다키 초등학교가 있습니다. 그 학교에 사와 마사히코라는 아이가 있었습니다. 5학년에서 6학년까지 산문과 시 여든다섯 편을 썼는데, 단 세 편을 빼고는 모두 '소'에 대한 글을 쓴 굉장한 아이입니다.

네 편 정도 읽어 보겠습니다.

다카하시와 오카는 나더러 '소똥치기'라고 놀립니다. 나는 "소똥 치우는 게 뭐가 나빠?" 하고 말했습니다. 집에 돌아와서 또 똥을 치웠습니다. 깨끗하게 기르면 소도 기분 좋을 거라고 생각합니다. 소를 더럽게 키우는 집은 소젖도 안 나옵니다.

어제 외양간을 치우려는데 온통 똥이라서 나무판자로 치웠습니다. 나무판자로 치우니까 똥이 자꾸 떨어져서 손으로 치웠습니다. 똥 만졌던 손을 씻으니까 아주 깨끗해졌습니다.

내가 소 혀를 만지니까 꿈틀거렸습니다. 소 혀에 내 혀를 맞대니까 꿈틀거려서 기분이 안 좋습니다.

소가 병에 걸렸습니다. 가즈마사네 소보다 훨씬 많이 아팠습니다. 내가 외양간에 들어가 소 다리를 짚으로 문질러 주니까, 눈물이 마음속에서 울고 있습니다.

교육은 양날의 칼이라는 말이 있습니다.

사와 마사히코가 생명에 기울이는 한없는 사랑을 인간의 아름다운 정신이라고 여기는 것도 교육이고, 그것을 무시한 채 틀린 맞춤법을 바로잡기 위해 빨간 펜을 휘두르는 것도 교육이라고 생각할 수도 있겠지요.

어느 쪽이 인간을 성장시키는, 더 가치 있는 일일까요.

야마다키 초등학교의 선생님은 전자를 택했습니다. 〈기린〉은 마사히코의 글을 인간의 노래라고 여겼습니다.

〈기린〉은 내 고향입니다. 나는 교사가 되기 전부터 〈기린〉을 알았고 교사가 된 뒤로는 〈기린〉의 일을 도우며 많은 것을 배웠습니다. 내 17년에 걸친 교사 생활도, 그 뒤의 작가 생활도 〈기린〉을 빼고는 아무것도 말할 수 없습니다.

그런 고향을 가질 수 있었던 나는 행복했다고 분명히 말할 수 있습니다.

아이들의 가능성은 잴 수 없다

모든 아이는 언젠가 어른이 됩니다. 명백한 일이지요.

그리고 아이는 학교에 다니며 지식을 배웁니다. 누구나 마찬가지지만, 모든 아이가 배움에 대한 보답으로 가르치는 사람, 곧 교사가 되느냐 하면 그렇지는 않습니다.

아이는 반드시 어른이 되지만 학생이 반드시 교사가 되지는 않는다.

여기에서 문제가 생깁니다.

교사가 될 것을 미리 안다면 사람을 가르치고 성장시키는 일에 관심을 두겠지만, 누구나 어른이 되면 어느새 성장하거나 성장시키는 일이 자신과 관계없는 일이라고 생각하기 시작합니다.

부모는 다릅니다. 부모가 되면 그런 생각을 할 수 없지요.

어른과 아이 사이의 단절은 너는 배우는 사람, 나는 배움을 끝낸 사람이라는 생각에서 생기는 경우가 많습니다.

그 지점에서 멈추고 생각해 보십시오.

과연 그럴까요.

사람은 살아 있는 한 뭔가를 배웁니다. 죽을 때까지 끊임없이 배웁니다. 많은 사람들이 이 사실을 잊어버리는 것 같습니다. 아이들은 당연히 배워야 하고 어른들은 배워야 할 것을 다 배웠다고 생각합니다.

하지만 그렇지 않습니다.

사람은 죽을 때까지 배우며 끊임없이 변화해야 합니다.

배운다는 것은 하나의 경험이라서 반드시 어떤 형태로든 상대가 있어야 성립될 수 있습니다. 배움을 통한 변화는 혼자서는 불가능합니다. 상대가 필요하지요.

그 상대는 선생님이나 부모님, 친구일 수 있고 자연일 수도 있습니다. 책일 수도 있지만, 책을 쓰는 것은 인간이니까 인간의 변형이라고 해 두지요.

상대는 다양하지만, 배움을 통해 변화하기 위해서는 반드시 또 하나의 지지대가 필요합니다. 곧 일방적으로 가르치는 관계는 성립될 수 없다는 말입니다.

서로에게 배우는 관계여야 합니다. 교사도 아이들도 마찬가지입니다.

내가 말하는 '아이들에게 배운다'란 그런 의미입니다.

요즘은 '아이들에게 배운다'는 말이 너무 진부한 말이 되어버렸습니다. 그런 말을 하면 양심적인 교사처럼 보입니다. 참 어이없는 일이지요.

루이 아라공(프랑스의 시인이자 작가 - 옮긴이)이 가르침은 곧 배움이라고 했듯, 남을 가르치는 사람은 배워야 합니다.

그렇다면 서로에게 배울 수밖에 없습니다.

부모와 자식 관계도 마찬가지입니다. 부모는 자식을 키운다고 생각하지만 문득 돌아보니 그 과정에서 부모도 성장했다. 이러한 관계가 정상이라고 생각합니다.

학교는 그저 단순히 지식을 가르치는 장소가 아닙니다.

교사도 아이들에게 배우고 있습니다. 학교는 그런 장소입니다.

교사 대부분 이 사실을 잊고 있습니다. 아이들을 명령이나 강제로 변화시키려는 것이 바람직하지 않은 까닭은, 그런 교사는 영원히 스스로 변화하지 않기 때문입니다.

나는 스물두 살에 교사가 되었습니다.

앞에서도 말했지만, 나는 내가 미숙하다는 사실을 충분히 알고 있었습니다. 물론 이렇게 말하면 잘난 체한다고 생각하는 사람도 있겠지요. 그렇다면 표현을 조금 바꾸어, 언제나 자신에게 절망하고 있었다고 해 두겠습니다.

나는 야간 고등학교를 다녔습니다. 밤에 학교에 가서 공부하고 낮에는 일을 했습니다. 인쇄소 견습공, 항만 노동자, 전기 용접공, 조합 서기, 특이하게는 입에서 불을 뿜는 인간 고질라를 선전하는 일도 했습니다.

보통 교사는 대학을 졸업하자마자 한 반의 담임을 맡습니다. 어떤 직업이나 마땅히 거치는 말단 사원 기간이 없는 셈입니다.

어떻게 생각하면 무서운 일입니다.

'나는 전문교육을 받은 교육 전문가다' 하는 생각에 빠져 있으면 겸허한 마음으로 다른 사람에게 배우려는 자세가 사라져버립니다. 배움을 통해 변화하려는 지점에서 멀어질 위험이 있습니다.

나는 자신이 얼마나 나약한 사람인지 잘 알기에, 훌륭한 교사가 되기를 포기하고 아이들에게 친구 같은 선생이 되자고 결심했습니다.

결과적으로는 좋은 결정이었다고 생각합니다.

스스무라는 아이가 있었습니다.

'선생님은 왜 나를 예뻐해요?'라는 문장을 '선생님은 외 나 에뻐해요'라고 쓰는 아이입니다. 5학년의 맞춤법 수준 이 이 정도면, 교사 입장에서 스스무는 학업부진아입니다. 스스무 입장에서는 교사가 자신을 이렇게까지 방치한 것은 자신을 차별한 것이 되겠지요.

나는 어린이 잡지 〈기린〉에 자극을 받아 아이들에게 시 와 글을 쓰게 하고 있었습니다. 모든 아이가 그랬지만, 처 음부터 글쓰기를 좋아한 아이는 없었습니다. 당연합니다. 글 쓰는 일이 직업인 나조차 힘든 일이니까요.

글쓰기를 좋아하게 되도록, 좋아하지 않더라도 힘들어하 지는 않도록 하기 위해서 나는 아이들과 편지를 주고받았 습니다.

공책을 한 권씩 주고 거기에 날마다 나에게 편지를 써라, 나는 날마다 반드시 답장을 쓰겠다, 라고 했지요.

이 일을 반복했습니다.

스스무는 이 일을 아주 즐거워했습니다. 수위 아저씨가 교문을 열어 주기를 기다렸다가 맨 먼저 나를 찾아왔습니 다. 빨간 펜으로 답장을 써 주면 더없이 기쁜 얼굴로 벙긋 벙긋 웃으며 내가 쓴 글을 소리 내어 읽었습니다.

글이 점점 길어졌습니다. 처음에 고작 두세 줄이던 것이 열 줄, 스무 줄로 늘어났습니다.

하지만 글씨는 거의 알아볼 수 없었습니다. 읽을 수 없는 부분이 훨씬 더 많았습니다.

나는 교사로서 해서는 안 될 말을 내뱉어버렸습니다.

"이렇게 길게 쓸 수 있게 됐으니까 이제 좀 알아볼 수 있게 써 봐."

순간 스스무는 믿기지 않는다는 얼굴로 나를 보았습니다.

다음 순간 공책을 홱 빼앗더니 "이제 필요 없어!" 하고 소리치며 나에게 던졌습니다. 스스무의 얼굴에는 믿었던 사람에게 배신당한 슬픔이 역력했습니다.

나는 가슴이 덜컥 내려앉았습니다. 아차 싶었습니다.

"미안해. 선생님이 잘못했어."

곧바로 사과했지만 스스무는 나를 용서하지 않았습니다.

지금 생각하면 그 아이의 기분을 잘 이해할 수 있습니다.

알아볼 수 있는 글씨를 쓰게 하는 것은 교사인 내 일입니다. 그것을 외면한 채 알아볼 수 있게 글을 써 오라는 교사의 냉정함.

돌이킬 수 없는 일이란 이런 것을 두고 하는 말이겠지요.

하지만 스스무는 상냥했습니다.

며칠이고, 며칠이고 사과하는 나를 어느새 용서해 주었습니다.

그리고 10월에 스스무는 이런 시를 썼습니다.

지금은 태풍이 한창
5학년 사사오 스스무

지금은 태풍이 한창
나는 태풍이 아주 좋다
남자다우니까
선생님도 틀림없이 태풍을 좋아할 거다
풍속 40미터면 어때?
갑자기 편지를 쓰고 싶어졌다
정전이라서
촛불을 켜고 편지를 쓴다
지금쯤 선생님 뭐 할까?

뉘우치는 것은 뉘우치지 않는 것보다 낫지만, 교사의 생각 없는 말과 행동이 아이들의 마음에 얼마나 깊은 상처를 남기는지 절실히 배웠습니다.

또 한 아이의 이야기를 하겠습니다.

마코토라는 아이인데, 나는 마코토가 2학년 때 담임을 맡았습니다. 그때 이미 전교에서 모르는 사람이 없을 정도로 문제아였지요.

길바닥에 큰대자로 드러누워 "죽어버릴 거야" 하고 교사를 협박(?)합니다. 길거리에 있는 입간판을 우산으로 마구 쑤셔 망가뜨려서 곧잘 항의를 받곤 했지요.

뭔가 마음에 들지 않으면 바로 떼를 쓴다기에 마코토를 유심히 지켜보았는데, 마코토가 떼를 쓸 때는 그만한 이유가 있었습니다. 흔히 말하는 떼쟁이와는 달랐지요.

미술 시간에는 몇 번씩이나 도화지를 가지러 옵니다. 그런데 1학년 때 선생님은 한 시간에 그림 한 장을 정성껏 그려야 한다고 가르쳤던 것 같습니다.

마코토가 그린 그림은 역동적이었습니다. 작업량이 많았습니다.

한번은 여러 장을 그리는 게 싫증 났는지 좀 더 큰 종이를 달라고 합니다. 전지보다 큰 종이는 없다니까 사 오라고 합니다.

나는 윤전기에 거는 두루마리 종이를 사 왔습니다.

그것을 강당으로 가져가 펼쳐 주었습니다. 두루마리니 얼마든지 늘어납니다. 이보다 더 큰 종이는 없는 셈입니다.

이쯤하면 대개는 질리게 마련이지요.

그런데 마코토는 아주 기뻐하며 정말로 그 종이에 그림을 그리기 시작했습니다. 대형 벽화를 완성해서 어느 돔 지붕을 장식하는 굉장한 일을 해냈습니다.

엄청난 가능성을 지니고 있었던 셈입니다.

다음은 마코토가 쓴 시입니다.

딱지
2학년 구로다 마코토

딱지는 재미있으니까

못 하게 하면 안 돼

나는 딱지를 못 하게 하면

밥 안 먹을 거야

나는 딱지가 없으면

공부도 안 할 거야

딱지가 없으면

나는 죽는 게 나아
나는 딱지를 찢으면
아무것도 안 할 거야
딱지는 내 친구니까
찢으면 안 돼

흉내
2학년 구로다 마코토

모두가 몰래몰래 옆 사람의
'그림'이랑 '시'를 흉내 내지만
나는 흉내 내는 게 제일 싫어
남이 발명한 것을
그대로 따라 하는 건 나빠
모두의 마음속에는
검은 옷을 입은 흉내쟁이 귀신이
히히히 웃으며 살고 있을 거야

'흉내'라는 시는 내 보물입니다.
어떤 예술론보다 설득력이 있다고 생각합니다.

아이들의 가능성은 이루 말할 수 없이 큽니다. 예측할 수도 없을 만큼 크다는 사람도 있습니다.

곧 아이들을 잴 자는 없는 것입니다.

한 시간에 그림을 한 장 그리는 것은 교사가 만든 틀에 지나지 않습니다. 아이들이 그 틀을 뛰어넘을 정도의 힘을 보였을 때 교사는 그 틀을 없애 주어야 합니다. 그것이 다른 아이들에게 나쁜 본보기가 된다고 생각한다면 그 교사는 편협한 교사입니다.

반 아이가 마흔 명이라면, 교사는 마흔 가지 유형의 아이들을 대하는 방법을 생각하지 않으면 안 됩니다.

아이들 한 명 한 명이 다르다는 것은 당연한 말처럼 들리지만 실제로 한 명 한 명을 다르게 대하기는 쉽지 않습니다. 쉬운 일은 아니지만 그러려고 노력하는 것이 교사라고 생각합니다.

나는 마코토에게 그런 귀중한 사실을 배웠습니다.

마음을 잇는 신비한 실

　내가 교사로 지내던 시절은 그나마 좋은 시절이었다고
해야 할까요.

　나는 교사일 때, 지금은 가수가 된 몬타 요시노리 씨에게
그림을 가르쳤습니다. 그 동생은 4학년 때 담임을 맡았지
요. 둘 다 못 말리는 개구쟁이였지만 누구나 호감을 느끼고
예뻐하는 아이들이었다고 지금도 기억합니다.

　나는 평소에 약한 사람을 괴롭히는 것만은 용서하지 않
겠다고 강조했는데, 어쩐 일인지 요시노리의 동생이 자기
보다 어린 아이를 울렸습니다. 그 사실을 알고 나는 아이를
불렀습니다. 아이의 어머니도 함께였지요.

　그 아이 나름의 이유는 있었지만 자기보다 어린 아이를
울렸다는 사실은 변함없습니다.

　벌을 줄 텐데 괜찮겠냐고 내가 물었습니다.

　그 아이는 진지한 얼굴로 고개를 끄덕였습니다.

나는 아이를 무릎 위에 올리고 바지를 확 잡아내려 엉덩이를 철썩철썩, 꽤 힘주어 세 대 때렸습니다.

그때 아이의 어머니는 "선생님, 정말 감사합니다" 하고 허리 숙여 인사를 하고 돌아갔습니다.

체벌을 했다는 것은 원칙적으로 교사로서 실패했다는 뜻입니다. 감정을 담아 아이들에게 폭력을 가하는 것은 논외로 하더라도 교육적 배려 차원에서 어쩔 수 없이 체벌을 할 수도 있다는 의견에 나는 동의하지 않습니다. 그러니 이때 요시노리의 동생을 체벌한 것은 내가 미숙했기 때문입니다.

하지만 그런 내 미숙함을 몬타 요시노리의 어머니는 용서해 주셨습니다. 용서해 주셨기 때문에 나는 나 자신의 행동을 돌아볼 수 있었습니다.

체벌은 법으로 금지되어 있기 때문에 체벌 행위를 비난받기만 했다면, 나는 거기에 대응하느라 우왕좌왕할 뿐 나를 돌아보기는커녕 나 자신을 잃어버렸을 것입니다.

용서함으로써 타인을 도울 수 있습니다. 물론 용서함으로써 타인을 망칠 수도 있으므로 이것은 대단히 어려운 문제지만, 나는 고맙게도 아이들에게 도움을 받고 부모님들에게 도움을 받았습니다.

내가 처음 부임한 학교는 고베 시에서도 산속에 자리 잡은, 산 하나를 통째로 자연 교육장으로 쓰는 보기 드문 학교였습니다. 한 반의 학생 수도 시내 학교만큼 많지 않고 부모님들도 공부만 강요하지 않아서 제법 느긋하게 첫 교사 생활을 할 수 있었지요.

공부하다 지치면 산에 올라가, 곧 자연 교육장으로 가서 씨름을 하거나 소귀나무에 기어올라 열매를 따 먹었습니다.

당시에는 숙직이라는 것을 했는데, 숙직 날이면 반 아이들을 번갈아 불러서 함께 목욕도 하고 밥도 지어 먹고 함께 잠도 잤습니다.

아이들은 그때 일을 글로 썼습니다.

어제는 선생님이랑 같이 숙직실에서 잠을 잤습니다. 밤에, 비가 좌좌 내렸습니다.

선생님은 반찬을 사러 갔습니다. 홀딱 젖어서 돌아왔는데 마에다네 할머니한테 달걀을 얻어 왔다고 했습니다.

선생님이 밥을 하는 동안 우리는 얌전히 공부를 했습니다. 떠들면 집으로 쫓아버릴 거라고 해서, 쫓겨나면 절대로 안 되니까 공부했습니다.

달걀국이랑 선생님이 지은 밥을 먹으니까 너무너무 맛있었습니다.

밤에 잘 때는 선생님이랑 마구 설쳐대느라 거의 자지 못했습니다. _3학년 미즈구치 마사유키

지금은 도저히 생각할 수도 없는 일이지요.

낮에 일하는 부모들도 꽤 많았기 때문에, 숙직하는 날 밤에 부모님들과 함께 아이들 이야기를 하며 시간을 보내기도 했습니다. 화제가 아이들 이야기에서 벗어나 생활의 고민이나 배우자에 대한 불만, 연애 이야기 들로 옮겨가기도 해서 젊은 나는 꽤 좋은 인생 공부를 했습니다.

앞에서 잠깐 말했지만, 나는 교사가 되기 전에 막노동을 한 경험이 있어서 일하는 부모님들의 마음이나 고민을 어느 정도 이해할 수 있었습니다.

내가 아이들과 함께 밥을 지어 먹은 건, 내게 밥과 관련된 조금은 애잔한, 또 한편으로는 마음이 따뜻해지는 경험이 있기 때문인지 모릅니다.

내 경험 속 선생님은 소다 선생님이었습니다.

초등학교 5학년 때였는데, 일본은 전쟁에서 지고 난 뒤

에 심각한 식량난을 겪었습니다. 아버지와 큰형만 고베에 남고 나머지 식구들은 식량난을 피해 오카야마의 미즈시마로 옮겨야 했습니다.

죽순 벗겨 먹는 생활(죽순 껍질을 벗기듯이 옷가지나 살림을 차례차례 팔아서 식량을 얻는 가난한 생활—옮긴이)이라는 말이 유행하던 시절이었습니다.

나는 시후쿠 초등학교에 편입해서 소다 선생님 반에 들어갔습니다. 유도 몇 단쯤은 되어 보이는 덩치가 커다란 선생님은 언뜻 보기에도 무서운 선생님 같았습니다.

숙제를 안 해 온 아이가 있으면 그 아이와 같은 조 아이들에게 모두 벌을 주었습니다. 어깨를 꽉 붙잡고 힘껏 비틀었는데, 그러면 펄쩍 뛰어오를 만큼 아팠습니다. 나는 오줌을 지렸고, 그 뒤로 선생님이 나한테는 적당히 힘을 빼 주는 것을 느꼈습니다.

덕분에 선생님이 무섭기만 한 것은 아님을 조금씩 알게 되었지요. 모든 아이들 앞에서 내가 쓴 글을 읽어 주기도 하고, 타지에서 온 나한테 이런저런 신경을 써 주셨습니다.

그러다 불행이 닥쳤습니다. 아버지와 큰형이 전철 탈선 사고로 중상을 입었다는 소식이 날아든 것입니다.

어머니는 황급히 고베로 떠났습니다.

보리 다섯 홉이 우리 다섯 형제에게 남겨진 식량의 전부였습니다. 형이 그것을 7등분해서 일주일에 걸쳐 나눠 먹기로 했습니다. 하루치로 밥을 지은 다음 다시 3등분해서 죽으로 만들었습니다. 그것을 다 같이 나눠 먹었으니 칼로리가 얼마나 되었겠습니까.

늘 배가 고팠습니다.

그런데 나흘째인가 닷새째인가, 우리가 학교에 가 있는 동안 동생 둘이서 보리밥을 다 먹어치워버렸습니다.

우리는 다랑어처럼 방바닥을 뒹굴었습니다.

눈빛을 번뜩이고 입만 뻐끔거리며 거친 숨만 내쉬었지요.

형이 옥수수를 훔치러 가자고 했습니다.

이대로 가면 죽는다고 생각했겠지요.

한밤중 학교 뒤편 옥수수밭에 옥수수를 훔치러 갔습니다.

옥수수를 줄기에서 뜯어내면 '빠직' 소리가 납니다. 그 소리에 내 심장이 얼어붙었습니다.

숙직실에 불이 켜졌습니다. 정신을 차리고 형한테 알리려는데 "누구냐!" 하는 소리가 들렸습니다.

형은 도망치려 했지만 나는 다리가 딱 굳어 움직일 수가 없었습니다.

그리고 소다 선생님이 나타났습니다.

그야말로 눈앞이 깜깜했습니다.

소다 선생님은 우리를 나무라지 않았습니다.

"무슨 일이야? 이유를 말해 봐."

나는 울면서 사정을 이야기했습니다.

"그래. 힘들었겠구나."

소다 선생님은 그렇게 말했습니다.

그리고 우리를 선생님 집으로 데려갔습니다.

커다란 곳간이 있는 옛날 집이었지요. 지금도 똑똑히 기억합니다. 당시에는 귀했던 흰 쌀밥을 배불리 먹게 하고 집에서 기다리는 동생들을 위해 쌀과 꿀을 주었습니다.

뒷이야기가 있습니다.

그리고 40년도 더 지나서였을까요.

나는 오카야마 텔레비전 방송국의 개국 기념식에 초대를 받아 작가 우에노 료 씨, 이마에 요시토모 씨 들과 공개 좌담회를 가졌습니다.

대기실에 있는데 손님이 찾아왔다고 연락이 왔습니다.

복도로 나가 보니 키 큰 노인 한 분이 서 있습니다. 노인

은 내 얼굴을 보자마자 "나다, 소다. 알아보겠냐?" 하고 큰
소리로 말했습니다.

　나는 말문이 막혔습니다. 나를 기억하고 계시다니…….

　아무 말도 못 한 채 소다 선생님의 손을 몇 번이고, 몇 번
이고 꼭 쥐었습니다.

　이렇게만 말하면 단순한 미담 자랑으로 끝나버리겠지요.

　내가 하고 싶은 말은, 사람 마음의 신비함입니다. 눈에
보이지 않지만 사람의 마음과 마음을 이어 주는, 말로는 설
명할 수 없는 실 같은 것의 존재입니다.

　소다 선생님과의 인연은 겨우 석 달 정도였습니다.

　수많은 아이들을 가르친 소다 선생님에게 내 존재는 그
저 한순간의 꿈 같은 것이었으리라 생각했습니다.

　그런데 그렇지 않았습니다.

　선생님은 나를 똑똑히 기억해 주셨고 내가 하는 일을 지
켜봐 주고 계셨습니다.

　내 직업이 글쟁이다 보니 이름이 세상에 알려졌습니다.
선생님은 어찌어찌해서 나를 발견하고 "저 사람이 내 제자
야" 하면서 애정을 쏟아 주고 계셨던 것입니다.

　고맙다는 말밖에는 다른 할 말이 없습니다.

소다 선생님께는 못 미치지만 나도 조금 비슷한 경험이 있습니다.

한 신문사 주최로 작가 오치아이 게이코 씨와 미국을 중심으로 강연 여행을 한 적이 있습니다. 뉴욕, 시카고, 캐나다 토론토, 마지막이 로스앤젤레스였습니다. 가는 곳마다 강연장을 찾아온 제자를 만날 수 있었습니다.

마지막 로스앤젤레스 강연을 앞두고 오치아이 게이코 씨가 흥미롭게 말했습니다.

"겐지로 씨, 네 곳 모두 성공할 수 있을까요?"

"설마요. 지금까지 우연이 겹쳤던 거죠."

나는 그렇게 말했지만 실제로는 네 곳 모두에 제자가 찾아와 주었지요.

로스앤젤레스 강연장에서 "저, 누군지 아시겠어요?" 하고 장난스럽게 묻는 여성이 있었습니다.

"알다마다. 너, 나가이잖아."

나가이는 어릴 때 몹시도 부끄럼을 타서 어머니 등 뒤에 숨어서 간신히 말을 하던 아이였습니다.

그 말을 하자 나가이는 "맞아요. 어릴 때는 지독히도 내성적인 아이였으니까" 하고 쑥스러워했지만, 지금은 로스앤젤레스에서 혼자 힘으로 꿋꿋하게 여행사 지점을 꾸려가고 있다고 했습니다.

사람 일이란 참 알 수 없구나, 가슴 깊이 생각했습니다.

교육은 영혼을 기르고 그것을 맺어 주는 일이라고들 하지요.

정말 말 그대로라고 생각합니다.

물건은 쓰다 보면 줄어들거나 없어지지만 교육으로 자란 것들은 서로의 마음속에 계속 살면서 더 자라면 자랐지 줄어들거나 사라지지는 않지요.

나는 〈하늘의 눈동자〉라는 소설에 나오는 인물의 입을 빌려 사람의 일에 대해 다음과 같이 말했습니다.

일이란 여태껏 많은 것을 가르쳐 준 세상의 은혜에 보답하는 것이기도 하지. 따라서 남에게 도움이 되고자 하는 마음가짐 없이 하는 일은 일이라고 할 수 없단다. 단순한 돈벌이와 일은 구별해야 돼.

할아비가 절을 지었다고 하자. 할아비가 한 일이 좋은 일이라면 절을 찾아온 사람들이 훌륭한 절을 보니 마음이 평온해지는군요, 하고 인사를 하겠지.

뜻깊은 일일수록, 좋은 일일수록 사람의 마음에 만족감과 풍요로움을 주지. 사람을 사랑하는 것과 매한가지야. 한 사람이 사랑할 수 있는 사람은 한계가 있지만, 일을 통해 사랑할 수 있는 사람은 한없이 많단다. 인간은 일로서 사람을 사랑하며 살아야만 신이 주신 삶을 다 살았다고 할 수 있어.

_《하늘의 눈동자》 유년편2

천직이라는 말이 있습니다. 참 좋은 말이지요.

나는 17년 동안 교사 생활을 했습니다. 이제는 글쟁이로 살아온 세월이 더 길어졌습니다.

하지만 무슨 까닭일까요.

밤에 꿈을 꾸면 교사였을 때 꿈을 훨씬 더 많이 꿉니다.

물론 좋은 꿈만 꾸지는 않습니다. 종업식이 코앞인데 아직 성적표를 다 작성하지 못해서 진땀을 흘리는 꿈도 자주 꾸지요.

나도 언젠가 세상을 떠날 텐데, 그때도 교사 시절, 아이들과 보냈던 날들의 꿈을 꿀까요.

네 번째 수업

아이들의 상냥함

어른과 아이의 차이는 죽음에 대한 의식의 차이라고 하는 사람이 있습니다.

예를 들어 나 같은 사람은 그리 멀지 않은 미래에 이 세상을 떠날 것이다, 떠날 수밖에 없다고 강하게 의식하고 있습니다. 언제나 죽음을 의식하고 있고, 그것이 지금의 삶을 어느 정도 통제하기도 합니다.

유아들이, 또는 그보다 조금 더 윗또래 아이들도 마찬가지지만, 공원에서 노는 모습을 보십시오. 아마 이 아이들은 자기가 언젠가 죽을 거라는 생각 따위 결코 하지 않을 것입니다.

사무일 마르샤크(러시아의 시인이자 어린이문학가—옮긴이)라는 사람은 이런 말을 했습니다.

네 살의 나는 영원했다.

네 살의 나에게 그늘 따위 없었다.
언젠가 죽음이 찾아온다는 것을 몰랐으니까
내 삶에 끝이 있다는 것을 몰랐으니까

코르네이 추콥스키는 마르샤크의 이 말을 인용하며 어른은 언젠가 죽는다고 믿지만 아이는 영원히 살 거라고 믿는 것이 어른과 아이의 차이점이라고 했습니다.

그리고 아이들의 낙천성을 언급하며 두 살부터 다섯 살까지의 아이들은 예외 없이 삶은 기쁨과 무한한 행복을 위해 만들어진 것이라 여긴다고 말했습니다.

나도 원칙적으로 이 말에 찬성합니다.

원칙적으로, 라는 단서를 단 까닭은 아이들이 놓인 상황, 이를테면 전쟁 같은 일을 겪고 있다면 이런 말은 무참히 짓밟힐 것이고, 삶이 영원히 계속될 거라고 믿기는 하지만 죽음을 두려워하고 공포스러워하는 마음도 얼마든지 함께 지닐 수 있기 때문입니다.

추콥스키도 아이들은 자신이 영원히 살 거라고 믿는 한편, 죽음을 멀리하려 한다고 말합니다.

한 유치원 선생님한테 들은 이야기인데, 그 선생님이 어릴 때 병든 할머니를 위로할 생각으로 이런 말을 했다고 합니다.

"할머니가 죽을 때 나도 같이 죽어 줄게. 그럼, 안 쓸쓸할 거야"라고.

그런데 말하고 나니까 그 말이 너무 무서워서 한밤중에 훌쩍훌쩍 울었더니 반대로 할머니가 자신을 위로해 주더라는 이야기입니다.

너무나 아름다운 이 이야기를 나는 잊을 수가 없습니다.

죽음을 결코 인정하려 하지 않는 것도 아이들의 특성인데, 나는 아이들과 생활하면서 그 사실을 알았습니다.

유치원에서 기르던 토끼가 죽었습니다.

다 같이 토끼를 땅에 묻고 조그마한 무덤을 만들었는데, 계속 그 앞을 떠나지 않는 아이가 있었습니다. 가만히 다가가니, 입속말로 뭔가 중얼거리고 있었습니다. 자세히 들어보니 이렇게 말하고 있었습니다.

"죽어도, 죽어도 괜찮아. 다시 살아날 거니까. 죽어도, 죽어도 괜찮아. 다시 살아날 거니까……."

주문을 외듯 계속 반복해서 중얼거리고 있었습니다.

추콥스키의 위대함은 아이들의 이런 언행을 임상학적으

로 바라보거나 단순한 특징으로 보지 않고, 생명이 영원하기를 바라는 마음을 자신과 친근한 존재로 이동하고 확산시키는, 전 인류의 영생을 바라는 평화주의자로 보려 했다는 데 있습니다.

동물을 괴롭히는 아이도 있지만 동물을 사랑하는 아이가 훨씬 더 많습니다.

개
1학년 쓰카다 겐지

나는 개가 너무 좋습니다
나는 개를
밖에 내보내 줍니다
나는 개랑
놀아 줍니다
나는 외톨이입니다
내 개가 왔습니다
개랑 내가 놀았습니다
내 개가 와서 좋았습니다

개랑 나랑
집에서 놀았습니다
개랑 나랑
텔레비전을 보았습니다

개랑 나는 추워서
고타쓰* 옆에 갔습니다
개랑 나랑 같이
고타쓰 속에 들어갔습니다

* 나무로 만든 밥상에 이불이나 담요 같은 것을 덮은 온열 기구를 말한다.
 상 아래에는 화덕이나 난로가 있다.

이 시에 담긴 공감 의식은 감상주의가 아닙니다.
  예를 들어 다음 두 아이가 쓴 시를 보면 아이들이 생명에
대해 가지는 평등 의식이 감상에만 빠져 있지 않다는 것을
바로 알 수 있습니다.

마음
1학년 요시카와 가요코

선생님은

어떤 마음을 갖고 있어요

그걸 가르쳐 주세요

나는

어떤 마음을 갖고 있어요

가르쳐 주세요

개

1학년 사쿠다 미호

개는

나쁜

눈을 하지 않는다

더없이 엄격하지요, 사물을 보는 눈이.

왜, 라고 질문하는 마음은 다른 사람의 영혼에 다가가려
는 마음입니다.

아이들은 원래부터, 또는 처음부터 상냥한 것이 아닙니
다. 왜 그럴까, 무엇일까, 하고 스스로에게 묻고 생각하고
행동하면서 자기 안에 배려나 상냥함을 만들어 냅니다. 거

기에 의미가 있다고 생각합니다.

그 과정을 교육이라고 한다면 강요된 지식은 거의 아무런 의미가 없지요.

요시하라 기요미라는 아이가 있습니다. 조금 희한하다고 할까, 너무나 안타까운 이야기지만 기요미가 산불이 난 것을 보고 시로 쓴 지 얼마 지나지 않아 집에 불이 나는 불행을 겪었습니다.

얼마나 큰 충격이었을까요. 기요미는 그것을 백 행에 가까운 장문의 시로 표현합니다.

긴 시라 부분을 옮기겠습니다.

눈을 딱 떴는데
방 안이 새빨갰다
연기가 가득 들어왔다
아빠가 큰 소리로
고함쳤다
나는 몸이 계속 떨렸다
후들후들거려서
몸속까지 불이 들어온 것 같다

내 옷도 보물도
모두 불타고 있다
눈물이 마구 흘러나와 멈추지 않는다

아빠랑 엄마가
얘기하고 있어서 잠을 잘 수 없다
"이제 어떡하면 좋아요
집도 돈도 다 타버렸어요"
"잠은 어디서 잔담. 설날이 코앞인데"
아빠도 엄마도 울고 있다
나도 자꾸만 눈물이 난다
아빠가 나한테
"아빠가 다시 열심히 일할 거니까 울지 마"
하고 말하지만 자기도 울고 있다

우린 정말 어떻게 되는 걸까
이제 어떡하면 좋을까

기요미는 일곱 살입니다. 흔히들 말하는 철부지 어린애

지요. 부모에게 응석도 부리고 떼도 쓸 나이지만 오로지 부모님을 걱정하고 집안을 걱정합니다.

기요미는 이 무렵 좋은 시를 아주 많이 썼습니다.

모든 것을 잃고 허탈해하는 가족의 모습, 이가 아픈데도 치과에 갈 돈이 없어서 하느님한테 빌리려고 했던 이야기, 물에 만 밥과 메밀국수로 끼니를 때운 비참한 설날, 시 한 편 한 편이 모두 감동스런 작품입니다.

새치
요시하라 기요미

"엄마, 집에 불난 뒤로 새치가 잔뜩 생겼어"
하고 가르쳐 주니까
"아냐, 그렇지 않아" 하고 말했다
내가 "진짜라니까" 했더니
엄마가
거울을 봤다
"어머, 정말이네. 엄마, 벌써 할머니가 돼버렸어"

집안을 다시 일으키기 위해 기요미의 어머니는 일을 하

러 갔습니다.

이제 기요미는 학교를 마치고 집에 돌아가도 맞아 줄 사람이 없습니다. 방과 후 교실이 필요해졌기 때문에 기요미의 담임인 가지마 가즈오 선생이 관계자와 의논을 했습니다.

정원이 차서 안 된다며 거절당하지만 조르고 졸라서 준회원이라도 괜찮다는 조건으로 겨우 받아들여집니다. 방과 후 교실 아이들을 정회원, 준회원으로 나누는 것은 대체 무슨 경우일까요.

기요미가 쓴 글을 읽고 준회원에게는 간식을 주지 않는다는 사실을 알게 된 가지마 가즈오 선생은 불같이 화를 내며 항의했습니다.

"예산이 없어서 어쩔 수 없다."

이것이 담당자의 대답이었다고 합니다.

정작 기요미에게 간식을 나누어 준 것은 정회원 아이들이었습니다.

기요미는 이런 시도 씁니다.

다녀왔습니다
요시하라 기요미

엄마가 일하러 가기 때문에
학교 갔다 돌아오면
"다녀왔습니다"
하고 말해도
아무도 대답해 주지 않는다
하지만 내 마음속에
엄마가 있으니까
대답을 해 준다

아이들의 정신은 정말 놀랍습니다.
마음속의 엄마가 대답을 해 준다고 하니까요.
"예산이 없어서"라는 어른, 눈앞에 엄마가 없는데도 "다
녀왔습니다" 하고 인사하는 아이.
정신의 질이 너무나 다르다고 생각할 수밖에 없습니다.
또 한 아이가 쓴 시를 적으며 글을 마치겠습니다.

나만 남겨 두고
1학년 아오야마 다카시

학교 갔다 오니까

아무도 없었다

새아빠도

우리 엄마도 형도

그리고 아기도

모두 집을 나가버렸다

아기 기저귀도 없고

엄마 옷도 없고

집 안에 짐이 하나도 없다

나만 남겨 두고 이사를 가버렸다

나만 남겨 두고

밤에 할머니가 돌아왔다

할아버지도 돌아왔다

엄마가

"다카시만 두고 간다"

고 할머니한테 말하고 갔단다

엄마가 복지사무소에서 나온 돈을

모두 들고 가버렸다

그래서 내 급식비를

내지 못한다고
할머니가 울었다
할아버지도 화를 냈다

새아빠는
나를 싫어한다
한번도 귀여워해 주지 않았다
형만 닭튀김집에 데려가
닭튀김을 사 줬다
나는 데려가지 않았다

나는 아기랑 잘 놀았다
안아 주기도 했다
업어 주기도 했다
내 얼굴을 보면
금방 방긋거렸다
축제 때 노점에서 산 장난감을
보여 주니까 자꾸 달라고 했다
손에 쥐어 주니까 입에 넣었다

안 된다고 도로 뺏으니까
와앙 하고 울었다

어제
점심값으로 받은 100엔을 들고
고베 백화점까지 걸어갔다
빵을 사지 않고
강철 지그 모형을 샀다
배가 고팠지만
나중에 아기가 돌아오면
이 장난감을 줄 거다
손에 쥐고 걷게 해 줄 테니까
빨리 돌아와
빨리 돌아왔으면 좋겠다

천천히 가고 싶은 아이들

사도 섬에 들렀을 때, 어떤 분이 읽어 보라며 중학생이
쓴 글을 주었습니다.

글의 첫머리는 이렇습니다.

지난 3년 동안, 저는 중학생 신분이었지만 실제로는 그
렇지 않았다고 생각합니다. 중학교는 한 달도 채 다니지
않았기 때문입니다. 초등학생 때부터 가끔 결석을 했지만,
중학교는 한 달밖에 안 다녔다고 해도 될 정도로 학교에 가
지 않았습니다. 이 3년은 저에게 굉장히 소중한 시간이었
다고 생각합니다.

솔직히 읽기 시작하자마자 심장이 덜컥 내려앉았습니다.

학교에 다니지 않은 시간이 소중하다는 것은 예사롭지
않은 말입니다.

글쓴이는 우메사와 하루카라는 소녀입니다. 이 소녀는 처음부터 학교는 재미없는 곳이었다고 하지는 않습니다. 바쁜 일과에 쫓기다 보니 의문을 갖기 시작합니다. 그것은 소녀가 쓴 글에 자세히 적혀 있습니다.

저는 너무 지쳐버렸습니다. 하지만 숙제를 해야 했습니다. 저는 학원에 다니지 않았지만, 학원에 다니는 아이들은 과연 자유 시간이 있을까 싶었습니다. 말하자면, 생각할 시간이 없었습니다. 공부 말고, 공부보다 더 중요한 것을 스스로 이해할 수 있을 때까지 깊이 생각할 시간이 없었습니다. 따라서 뭔가에 의문을 가질 시간도 없었습니다.
그래서 저는 학교를 쉬는 동안에는 항상 뭔가를 생각하고 있었습니다.

학교는 이제 생각하는 곳이 아니라고 소녀는 말하고 싶었던 것이겠지요.
이것은 학교 공부, 곧 수업에 대한 고발이라고도 할 수 있습니다.
원래 수업이란 의문을 갖고 생각하는 시간이 아닌가?

뭔가를 깊게 이해할 수 있을 때까지 생각하는 것이 수업 아닌가?

그렇게 되묻고 싶은 것이 소녀의 마음이겠지요. 그렇다면 소녀가 등교를 거부한 이유를 무심히 넘겨버릴 수 없습니다.

소녀가 한 말은 교육의 본질을 꿰뚫고 있기 때문에 교사는 물론이고 모든 사람이 귀를 기울여야 합니다.

소녀의 글은 이어집니다.

우리보다 세상을 오래 산 어른들에게 배우고 싶은 것은 수학이나 영어만이 아닙니다. 인간으로서 가장 중요한 것이 무엇인지 배우고 싶습니다.

우리는 아직 어리니까 앞으로 많은 벽에 부딪힐 테고, 어쩌면 산산조각이 나버릴지도 모릅니다.

그때 다시 출발점으로 돌아와 벽을 마주할 수 있는 힘을 어른들에게 배우고 싶습니다.

독자들도 이미 알아챘겠지만, 소녀는 사물을 보는 예리한 눈을 갖고 있습니다. 아마도 감수성이 아주 예민하겠지요. 뿐만 아니라 소녀는 인간에게 필요한 절제력을 지니고 있습니다.

소녀는 학교를 부정하는 것은 아니라고도 하고, '요즘 아이들은 열정이 없다' 같은 말만 하지 말고 열정을 버려야 살아갈 수 있는 세상과 학교가 되지 않도록 아이들이 생기 있게 살아갈 수 있는 세상을 만들어 달라고도 합니다.

보통 '만들다'는 '作'을 쓰지만, 소녀는 '창조하다'의 '創'을 썼습니다(일어에서 '만들다'라는 동사는 보통 '作る'를 쓰지만, 소녀는 '創る'를 썼다─옮긴이).

소녀의 생각이 뼈저리게 다가옵니다.

무엇보다 소녀가 대단한 것은 멀리 미래를 바라보고 있기 때문입니다.

인간은 자기가 하고 싶다고 마음먹으면 실현할 수 있는 능력을 가졌는데, 그것을 생각할 시간조차 없다는 것은 너무나 슬픈 일이라고 생각합니다. 기왕에 인간으로 태어났으니 저는 하고 싶은 일을 마음껏 해 보고 싶습니다.

하지만 이제는 조금씩 달라지고 있다고 생각합니다.

앞으로 어떻게 변할지 저는 기대하고 있습니다.

나는 미래로 나아가려는 힘을 '낙천성'이라고 일컫는데, 소녀가 가진 낙천성은 어디에서 오는 걸까요.

아마도 학교와 교사에게 절망하면서도, 사람은 사람을 믿으며 살아가는 동물이니까 그렇게 살아갈 때에만 사람은 사회를 만들 수 있는 거라고 몇백 번, 몇천 번씩 자문자답을 되풀이한 소녀의 성실함이 낳은 낙천성이겠지요.

서로를 이해한다는 것은 지극히 어려운 일이지만, 이해하려는 의지를 포기한다면 그 순간 인간은 인간이 아니게 됩니다.

우리는 '믿음'이라는 말을 쉽게 내뱉지만 쉽게 실천할 수 있는 일이 결코 아니라는 것을 소녀가 깨우쳐 주는 듯합니다.

이 점을 진지하게 생각해야 하는 것은 우리 어른들, 그 가운데서도 교사, 나아가 정치가, 기업가일 것입니다.

한 중학교에서 '올바르게 판단하고 행동하는 학생—자립으로 가는 길'이라는 인쇄물을 학생들에게 나누어 주었습니다. 부제는 '학교와 가정이 힘을 모아 기본적인 생활 습관을 몸에 익히게 하자'입니다.

읽어 보고 깜짝 놀랐습니다.

복장, 두발, 소지품, 놀이, 교우 관계 같은 모든 행동을 옴짝달싹 못 하게 옥죄듯이, 그야말로 세세하게 규제하고 있었습니다.

'교우 관계에 대해'라는 부분을 읽어 보겠습니다.

• 졸업생이나 유직·무직 소년, 타교 학생과는 사귀지 않도록 잘 지도해 주십시오.
• 친구 집에 여럿이 몰려가지 않도록 해 주십시오.
• 대중목욕탕은 가까운 곳을 이용하고, 친구들과 함께 가거나 목욕탕에 너무 오래 있어서 타인에게 폐를 끼치는 일이 없도록 해 주십시오. 시간에도 충분히 주의를 기울여 주십시오.
• 타인에게 폐를 끼치지 않도록 친구끼리 오래 통화하지 않게 해 주십시오.

어째서 이것이 자립으로 가는 길일까요. 생각 있는 중학생이라면 이 글을 읽었을 때 글의 내용보다 먼저 선생님들은 이렇게 세세한 것까지 참견해야 할 만큼 우리를 믿지 못하는구나, 하고 절망감을 느끼지 않을까요.

아이들의 목소리에 귀 기울이기 전에 아이들을 규칙으로

속박하는 것은 실패한 교육입니다.

학교의 관리 체제가 문제로 지적된 지 오래되었지만, 형태를 달리한 관리 체제가 꼬리를 물고 생겨날 뿐 개선되는 조짐이 전혀 없습니다.

관리 체제가 교육 현장에 어울리지 않는 것은 아이들의 목소리를 억눌러버리기 때문입니다.

아이들은 곧잘 감탄스러울 만큼 이치에 닿는 말을 합니다.

이런 말을 하는 아이가 있습니다.

"숙제를 까먹어서, 이유가 뭐냐고 야단쳐서 이유를 말했더니 변명하지 말라고 야단쳤다."

다음은 등교를 거부하는 아이가 쓴 글입니다.

나는 다른 사람을 억지로 밀쳐 내면서까지 앞으로 나아가고 싶지 않다. 기차로 말하면, 다른 열차를 무시하면서 (연착시켜서)까지 빨리 목적지로 가는 특급열차는 좋아하지 않는다. 조금 늦더라도 모든 역을 알고 있는 완행열차가 더 좋다.

늦더라도 많은 것을 알고 가고 싶고, 내 의지와 함께 다른 사람의 의견도 존중하면서 가고 싶다.

자기 생각만 하는 사람보다 훨씬 좋다고 생각한다. 여행을 하다가 완행열차를 탄 수많은 사람들을 보면서 문득 그런 생각을 했다.

아이들의 목소리에 귀를 기울여 자신을 변화시킨 교사도 있습니다. 평생 교사로 살겠다는 의지를 널리 밝히며 고베 지역에 '연필의 집'을 만들고 그 의지를 실천하고 있는 다마모토 이타루 선생이 바로 그런 분입니다.

다마모토 이타루 씨는 젊었을 때, 여러 가지 이유로 학교에 나오지 않는 아이, 나오지 못하는 아이의 집을 방문해서 상담을 하거나 공부를 가르쳤습니다.

그 시절 한 아이가 다음과 같은 시를 써서 다마모토 이타루 씨에게 보여 줍니다.

선생님은 낯선 사람이다
정말로
아이들을 좋아해서
선생님을 하는 걸까
돈을 벌려고

어쩔 수 없이 찾아오는 걸까
나는
그게 제일 궁금하다

교사로서 엄중하게 받아들여야 할 시이지요.

다마모토 이타루 씨는 이 시를 좌우명으로 삼았습니다.

교사도 인간이므로 이런저런 고민이 있습니다. 막다른 길에 부딪히기도 하고 스스로에게 절망하기도 합니다. 고민 끝에 더 이상 이 일을 할 수 없겠구나, 생각할 때도 있습니다.

내 교사 시절도 마찬가지였습니다.

물론 이것은 추측이지만, 평생 교사로 살겠다고 굳게 결심했어도 마음의 동요를 느낄 때도, 번민에 빠질 때도 있었으리라 생각합니다. 다마모토 이타루 씨는 의지가 꺾이려 할 때 이 시를 읽었을 것입니다.

사실 다마모토 이타루 씨는 시집을 몇 권이나 낸 시인입니다. 시인이 어린이가 쓴 시에 도움을 받은 것입니다.

흥미로운 일입니다. 고마운 일이기도 하지요.

아이들의 목소리를 마음에 새긴 또 한 선생님 이야기를

하겠습니다.

이 선생님을 알게 된 것도 한 아이가 쓴 글이 계기였습
니다.

좋아하는 아이가 다닌다는 단순한 이유로 학원에 다니게
되지만 어느새 입시 전쟁에 휩쓸려 들어가, 아이와 부모 모
두 심신이 갈가리 찢겨 비명을 지르는 상황이 극명하게 표
현된 장문의 글이었는데, 학급 문집 〈바람의 아이〉 10호 지
면을 통째로 빌려 글 전체를 실은 교사에게 나는 마음이 끌
렸습니다.

당시 고치 현 스쿠모 초등학교에서 아이들을 가르치던
우라기 히데오 선생입니다.

글을 쓴 아이는 6학년 야마구치 치아키입니다. 아이가
쓴 글 끝에 우라기 히데오 선생은 다음과 같이 썼습니다.

치아키, 너는 훌륭해.

치아키, 나는 네 글을 읽으면 온몸이 부들부들 떨려. 몸
이 뜨거워지는 게 느껴져.

자기 이야기를 쓴 글이지만 그 속에 사회의 거대한 모순
이 드러나 있기 때문이야.

별생각 없이 들어간 학원이 자신을 잃어버릴 정도로 너를 괴롭히고 상처 주고 있구나. 별생각 없이 들어간 학원이 어머니와 아버지까지 만신창이로 만들고 있구나. 그뿐 아니지. 친구들까지 괴롭히고 있어.

나는 이것이 얼마나 무서운 일인지 너에게 배웠어.

친구가 다닌다는 단순한 이유로 학원을 다니게 된 것이 얼마나 큰 문제를 일으키고 어떤 결과를 낳는지.

입시 체제 속에 깊이 끌려들어 가는 것이 어떤 문제를 일으키고 어떤 결과를 낳는지. 친구를 저버리고, 당연히 해야 할 일을 하지 않는 것이 어떤 문제를 일으키고 어떤 결과를 낳는지. 새삼 너에게 배웠어.

치아키, 네가 얼마나 괴로웠을까. 얼마나 고민했을까. 많이 힘들었지. 울고 싶었겠지. 외로웠겠지.

너는 그런 가운데서도 너 자신을 변화시켰어. 무서우리만치 자신을 철저히 분석하고 자신의 약점이나 결점을 숨김없이 드러내면서 자신을 바꾸고 부모님을 바꾸었을 뿐아니라 끝까지 앞으로 나아가 사회에 예리한 질문을 들이댔어.

너에게 엄청난 힘이 있기 때문에 그럴 수 있었어. 그런 너에게 나는 고개를 숙인다.

치아키, 진심으로 너에게 박수를 보낸다.

나는 우라기 히데오 선생을 만난 적은 없지만 사진으로는 본 적이 있습니다. 치아키의 아버지가 보내 주신 편지에, 치아키가 자신의 결혼식 날 하객들 앞에서 말했던 내용과 함께 우라기 히데오 선생과 찍은 사진이 들어 있었습니다.

당시 간호학 논문을 쓰면서 병원에서 일을 하던 치아키의 싱그러운 모습도 보기 좋았지만, 우라기 히데오 선생의 수수하고 과묵해 보이는 모습을 접하고, 그래, 이런 인품을 가진 분이구나, 하고 절절히 생각했습니다.

오늘날 학교의 상황은 점점 더 심각해지고 있습니다.

그러나 거기에 맞서 싸우는 선생님들도 계신다는 현실을 전해드립니다.

교육의 두 바퀴

내 작품 이야기를 꺼내 송구스럽지만, 나는 《하늘의 눈동자》라는 소설을 냈습니다.

천진난만하게 살아가는 소년 린타로가 주인공인데, 학교에서는 교사들을 몹시도 애먹이는 문제아입니다.

그런데 과연 린타로는 문제아일까, 그런 딱지를 붙여버려도 괜찮을까. 이것이 이 소설의 주제 가운데 하나입니다.

린타로는 초등학교 1학년 때 다음과 같은 수업을 받습니다.

지금부터 지시에 따라 그림을 그리세요.

먼저 정사각형을 그립니다. 다음은 그 정사각형 속에 삼각형을 그립니다. 마지막으로 그 삼각형 속에 원을 그립니다.

국어 시간이지만 귀로 들은 것을 그대로 재현하는 학습입니다.

아이들 대부분은 ①과 같은 그림을 그립니다.

린타로는 어떻게 그렸을까요? 수업 시간이니 책상 위에 공책을 펴 놓고 있지요. 린타로는 그 공책을 이용했습니다.

공책 한 페이지를 접었습니다. 공책 밑단이 공책의 한가운데에 닿습니다. 그 상태에서 접혀 올라간 부분을 따라 연필로 선을 그었습니다.

접었던 부분을 ②처럼 다시 폅니다.

접었던 자리에 선이 남아 있으므로 그 선을 따라 연필로 그으면 삼각형이 만들어집니다. 린타로는 거기에 원을 그려 넣었습니다.
곧 ③의 그림처럼 됩니다.

①

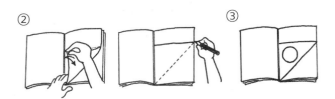

②   ③

다른 아이들과는 다른 그림이지만 지시한 조건을 만족시켰을 뿐 아니라 남들보다 정확한 그림을 그린 셈입니다. 자를 이용하지 않고도 말입니다.

하지만 린타로는 그림을 그리고 칭찬을 받기는커녕 꾸중을 들었습니다.

이야기는 조금 더 이어집니다.

이 문제 다음에, 조금 더 복잡한 문제가 나옵니다.

린타로와 다른 아이들이 그린 그림을 순서대로 설명하겠습니다.

먼저 원 하나를 그리세요.

린타로   다른 아이들

린타로가 원을 조그맣게 그린 데에는 이유가 있습니다. 앞에서 실패(?)를 했기 때문에 이번에는 어떻게든 수정을 할 수 있도록 나름대로 머리를 쓴 것입니다.

이번에는 삼각형을 그리세요.

린타로   다른 아이들

이것을 커다란 사각형으로 에워싸세요.

린타로   다른 아이들

이번에는 그 사각형을 원으로 에워싸세요.

린타로   다른 아이들

마지막으로 어디든 상관없으니까 선 하나를 그으세요.

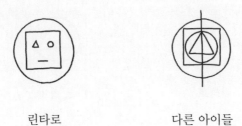

린타로   다른 아이들

린타로가 그린 그림을 자세히 봐 주십시오. 여기까지 그리자 린타로는 놀이의 마음이 발동합니다.

린타로는 "원숭이가 되어라, 얍" 하고 노래처럼 흥얼거리며 원숭이 그림을 그려버렸습니다.

귀를 그려 원숭이를 만들어버린 것은 린타로의 실수입니다.

하지만 이 학습에서 나타난 린타로의 사고 과정을 따라가 보면, 생각한다는 점에서는 린타로가 다른 아이들보다 뛰어납니다.

답을 찾는 것이 중요한 게 아니라 답을 찾기 위해 이리저리 생각하는 것이 원래 교육의 목적인데, 수업에서 그것이 사라져버렸기 때문에 자기 머리로 생각하고 자기 발로 걸어 보려는 아이일수록 문제아로 취급받는 것입니다.

내가 즐겨 예로 드는 코르네이 추콥스키의 말 가운데 이런 말이 있습니다.

시행착오의 진폭이 클수록 어린이는 꿋꿋하게 성장한다.

이리저리 생각하고 시행착오를 겪을수록 뇌는 발달한다.

생각해 보면 당연한 일이지만 제대로 인식되고 있지 않습니다.

같은 대답, 하나의 대답을 찾아내는 것이 교육의 최종 목표는 아니라는 점을 거듭 말해 둡니다.

나는 소설가지만 동화도 씁니다. 초 신타 씨가 그림을 그리고 내가 글을 쓴 《로쿠베, 조금만 기다려》라는 그림책이 국어 교과서에 실렸습니다. 아이들이 지혜를 모아 구덩이에 빠진 로쿠베라는 개를 구출한다는 줄거리입니다.

교과서에 실렸으니 시험에 나옵니다.

이런 문제가 나왔습니다.

로쿠베가 빠진 구덩이의 깊이는 어느 정도일까요?

출제 의도를 잘 알 수 없는 문제입니다. 내 글에는 구덩이의 깊이가 구체적으로 나와 있지 않습니다.

한 아이가 3미터 45센티미터라고 답을 썼습니다.

나는 3미터 45센티미터 깊이를 상상해 보았습니다.

다 자란 개가 자기 힘으로 뛰어오를 수 없는 깊이로 지극히 사실적입니다.

나는 감탄했습니다.

그러나 정답이 아니었습니다.

친구를 통해 왜 정답이 아닌지 이유를 물어보니, 본문에 3미터 45센티미터라는 말이 없기 때문이라고 했습니다.

나는 실망했습니다.

내가 쓴 이야기를 읽고 진지하게 생각해 준 아이에게 미안한 마음이 들어 하루 종일 우울했습니다.

그 교사가 일부러 아이에게 상처를 주려 하지는 않았겠

지만 같은 대답, 하나의 대답을 요구하는 교사의 자세가 변하지 않으면 교사가 교육 현장에서 아이들에게 상처를 주는 일이 계속되겠구나, 하고 절절히 생각합니다.

점수 지상주의를 극복하지 못하는 교사의 수업이나 시험이 공부하고 싶은 아이를 공부하기 싫어하는 아이로 만드는 경우가 많습니다.

중학교 시험에 문장에서 접속사만 지우고 그 자리에 적당한 말을 넣으라는 문제가 있었습니다. 가와이 하야오 씨가 문화에 대해서 쓴 글이 교과서에 실려 있는데, 그 문장으로 만든 문제입니다. 여기에도 《로쿠베, 조금만 기다려》와 비슷한 교사의 실수가 있습니다.

접속사에는 같은 의미를 지닌 두 문장을 연결할 때 쓰는 접속사와 앞 문장을 부정하거나 반대의 의미를 서술한 문장을 연결할 때 쓰는 접속사가 있지요. 같은 의미의 문장을 연결하는 자리에 반대 의미의 접속사를 넣으면 독해가 불가능하니 이 경우는 틀린 답이 맞습니다.

그런데 학생이 같은 의미의 문장을 이어 주는 곳에 접속사를 제대로 써넣었는데도 교사는 가와이 하야오 씨가 쓴 접속사와 다르다는 이유로 틀렸다고 한 것입니다.

이렇게 되면 교과서에 실린 글을 통째로 외우는 수밖에 없습니다.

글을 읽는다는 것은 어떤 내용이 쓰여 있는지 호기심이 생기거나 그 내용을 알고 감동하기 때문에 재미있는 것인데, 그런 식으로 글을 읽으면 점수를 못 받으니까 무조건 통째로 외우라고 한다면 공부할 마음이 생길 수가 없지요.

공부를 싫어하는 아이들의 마음이 잘 이해가 됩니다.

어느 고등학교를 취재할 때, 한 학생이 지금 배우고 있는 사회 교과서를 비판하며 말했습니다.

"GNP에 대해 쓰여 있나 싶으면 욧카이치 시 천식(일본의 4대 공해 사건 중 하나로, 욧카이치 시가 석유공업단지로 지정된 뒤 많은 시민들이 천식 같은 호흡기 질환에 시달린 사건을 말한다—옮긴이) 이야기가 나와. OPEC 다음은 농지개혁. 한국전쟁 다음은 고도 경제 성장이고, 그러다가 또 임금 문제지. 처음 몇십 페이지만 봐도 이 모양이라고.

겨우 300쪽짜리 책 속에 정치, 경제부터 헌법에, 인종에, 인권에, 전쟁에, 국제법에, 공해에, 세금까지. 그다음은 노동 문제, 가족 문제, 도시 문제, 과학기술도 모자라 자아 형성이나 청소년기의 몸과 마음에 대해서 이야기하고 있어.

소크라테스를 알았으니까 다음은 공자고, 애덤 스미스 다음은 마르크스고, 프로이트에 융까지 다뤄.

맨 마지막에는 '너는 다음 단계로 넘어가게 된다' '좀 더 깊이 배워 보자' 따위의 부자연스러운 말이 쓰여 있는데, 이거 완전 바보 같아. 좀 더 깊이 공부해서 다음 단계에 올랐다가는 대입 시험에 떨어질걸."

그야말로 핵심을 찔렀다고 생각합니다. 학생의 말이 이치에 닿습니다. 점수 지상주의, 지식 지상주의를 정확히 비판하고 있습니다.

지식은 인간의 행복, 행복한 인간관계를 위해 쓰일 때 비로소 의미를 갖습니다.

미리 준비한 지식을 꾸역꾸역 채워 넣기만 하는 것은 교육도 무엇도 아닙니다. 나는 그런 지식쌓기 경쟁을 시켜 인간의 우열을 가리는 것은 범죄 행위에 가깝다고 생각합니다.

인간이 지식을 쌓고 현명해지는 길은 두 가지입니다.

인간은 생각하는 동물이므로 생각함으로써 지식을 얻는 것이 그 한 가지입니다. 그 지식 위에 더욱 견고한 지식을 쌓아올립니다. 인간은 그렇게 해서 기계문명을 발달시켰습니다.

그런가 하면 인간은 몸과 마음을 가진 동물입니다. 몸과 마음이 서로 대화할 수 있는 유일한 동물일지도 모릅니다. 곧 사람에게는 몸과 마음으로 느껴서 지혜로워지는 또 하나의 길이 있습니다. 배려나 상냥함은 이 길에서 만들어지겠지요.

이 두 가지가 차의 바퀴처럼 함께 돌아갈 때 비로소 사람은 사람으로 성장할 수 있다고 생각합니다.

이 두 부분 또는 두 세계가 교육을 이루고 있습니다.

그런데 냉정하게 말해서 오늘날의 교육은 그 입구에도 도달하지 못했다고 생각합니다. 지식을 외우게 할 뿐, 그것을 바탕으로 생각하게 하는 과정이 거의 없다시피 하니까요.

그러니 하루라도, 한 시간이라도 빨리 현대의 학교교육이 사람이 지혜로워질 수 있는 이 두 세계로 들어가지 않으면 안 됩니다.

이 두 가지가 제대로 이루어지지 않는 것은 세계적인 경향이 아닌가 싶습니다. 인간은 기계문명을 발달시켜 핵이나 미사일 같은 무기를 손에 넣었습니다. 그러나 그런 무기를 사용하면 아무 죄도 없는, 저항하지 못하는 아이들까지 피를 흘리게 됩니다. 그런 생각이 세계의 지도자들에게서

희박해지고 있다는 점은 움직일 수 없는 사실입니다.

생명의 존엄을 가르치는 것은 교육의 핵심입니다.

지도자들 역시 충분한 교육을 받지 못했다고 봐야 하는 것이지요.

일곱 번째 수업

말 너머에 있는 것

　내게는 절대로 잊을 수 없는 만남이 있습니다.

　지금부터 이야기하려는 사람은 태어나자마자 팔다리 장애와 언어 장애를 입었습니다.

　나는 그녀에게 그림을 가르쳤습니다. 엄청나게 노력하는 친구로, 혼자서는 절대로 가위질을 못 할 것처럼 보였는데 도움을 받지 않고 어떻게든 혼자 힘으로 해 보려고 애쓰는 아이였습니다.

　부모님이 가게에 나가셨기 때문에 할머니가 늘 그 곁을 지켰습니다.

　우리는 보통 말로 서로의 뜻을 전달합니다.

　그렇다면 말은 만능일까.

　그렇지 않습니다. 말로 서로에게 격렬한 감정을 전할 때 답답함을 느끼는 경우도 많습니다.

　말하는 것이 자유롭지 못한 사람을 두고 흔히 핸디캡이

있다거나 장애가 있다고 하지만, 생각해 보면 이것은 이상합니다. 말이 만능은 아닌데도 그것을 절대적인 것으로 여기기 때문에 한쪽을 핸디캡이 있다고 보는 것이니까요.

말은 잘 못해도 감수성이 남보다 배로 뛰어날 수 있습니다. 그러니까 말의 세계에서는 자유롭지 못하지만 커뮤니티의 총체로 보면 남들과 다르지 않을 수도 있습니다.

한쪽을 핸디캡이라고 단정해버리기 때문에, 상대방이 지닌 예민한 감수성을 알아보지 못합니다.

곧 자유롭지 못한 것은 우리 마음입니다.

말하는 것이 자유롭지 못하다는 것은 하나의 상태에 지나지 않습니다.

그러나 사람들은 대부분 그렇게 생각하지 못합니다.

나도 마찬가지였습니다.

그녀의 이름은 핫키 미사코입니다.

무슨 말을 하는지 알아들을 수 없다, 근육이 마비되어 희로애락의 표정을 읽을 수 없다……. 처음 한동안은 온통 이해할 수 없는 것뿐이어서, 손끝에 의지해 어둠 속을 더듬어 나가는 듯했습니다.

그런데 늘 미사코 곁을 지키는 할머니는 무엇이든 다 이해합니다.

처음에는 할머니의 통역으로 미사코와 생각을 주고받아야 했습니다. 그러다 자유롭지 못한 것은 내 마음이었다고 깨달은 계기가 있습니다.

우리는 그림을 그릴 때 교실에서만 그리지는 않았습니다. 항구에도 가고 동물원에도 가서 그렸습니다.

그때마다 나는 미사코를 업고 갔습니다.

아무리 초등학교 2학년이라도 오랜 시간 업고 걸으면 상당히 힘듭니다. 볕이 뜨거운 여름철은 정말이지 고통스럽지요.

하지만 그것이 미사코와 함께하는 길이었습니다.

한번은 온수 수영장에 갔습니다.

수영복을 입혀 물속에 넣어 주면서 무서워하지는 않을까 걱정했는데, 뜻밖에도 신이 나서 손발을 움직였습니다.

나는 미사코의 몸을 받쳐 주며 수영장 끝에서 끝으로 이동했습니다.

나와 미사코가 함께 헤엄을 치는 느낌으로…….

수영을 끝내고 수영장 가장자리에 손을 짚었을 때 미사코가 돌아보며 더없이 환한 얼굴로 웃었습니다. 무척이나 만족스러운 얼굴이었습니다.

지금도 그때의 웃는 얼굴을 똑똑히 기억합니다.

나는 어라? 하고 생각했습니다.

미사코가 웃었다?

그 순간 깜짝 놀랐습니다. 미사코는 지금까지 늘 이렇게 웃어 주었는데 내가 알아보지 못한 게 아닐까 하는 생각에. 늘 미사코 곁을 지키는 할머니의 발치에는 못 미치지만 그래도 조금이나마 미사코 곁에서 함께하려 했다, 그랬더니 보이지 않던 것이 보이게 되었다 하는 생각에.

그런 생각을 할 수 있어서 너무나 기뻤던 기억이 납니다.

부모님이나 할머니가 미사코를 이해하는 것은 부모이거나 가족이기 때문이라는 식으로 생각해서는 안 된다는 것을, 나는 그때 깨달았습니다.

부모니까, 가족이니까 이해하는 것이 아니라, 미사코가 태어났을 때부터 그 아이의 기쁨과 슬픔을 함께 짊어지고 살아왔기 때문에 미사코를 이해할 수 있는 것입니다.

그렇게 생각해야 하는 것이구나, 하고 깨달았습니다.

그런데 충격을 받은 일이 있었습니다.

서점에서 미사코와 그림책을 고르고 있는데, 누군가 말

하는 소리가 들렸습니다.

"저런 애는 무슨 낙으로 살까."

우리한테 들리지 않을 거라고 생각했을까요?

나는 미사코가 상처를 받을까 봐 황급히 아이를 데리고 서점에서 나왔습니다.

사건은 그뿐이었지만 그 말은 내내 내 마음속에 남았습니다.

7년 뒤에 나는 〈아무도 모른다〉라는 이야기를 썼습니다.

미사코와 같은 증상을 가진 마리코라는 아이가 주인공입니다.

마리코는 200미터를 걷는 데에 40분이 걸립니다.

그것도 중간중간 쉬어야 합니다.

세상에는 다양한 사람이 있고 다양한 생명이 있습니다.

마리코는 꿀벌이 부는 물방울을 보고 손뼉을 치거나 채송화와 나팔꽃과 인사를 나누기도 합니다.

사람들은 그 옆을 바삐 지나쳐 갑니다.

나는 속도를 손에 넣은 우리와 속도를 갖지 못한 마리코의 삶의 방식과 기쁨에 대해 생각해 보고 싶었습니다.

이 이야기는 교과서에도 실렸습니다.

당시 다카마쓰의 초등학교 2학년이었던 가타야마 미키는 다음과 같은 글을 써 주었습니다.

힘내, 마리코
2학년 가타야마 미키

200미터······. 운동장을 두 바퀴 도는 데 40분이나 걸리는 마리코. 나 같으면 5분도 안 걸릴 텐데.

처음에는 휠체어를 타면 되잖아, 하고 생각했어. 그런데 읽다 보니까 가는 길에 여러 가지 재미있는 일이 있다는 걸 알았어. 잠깐 쉴 때도 꿀벌이 물방울 부는 것도 볼 수 있고. 이런 건 아무도 모르잖아.

그래도 걷는 게 힘들 때나 다른 아이들한테 "네가 나빠"라거나 안 좋은 소리를 듣고 슬펐던 적도 아주 많았을 거야. 그런데도 마음 약해지지 않고 날마다 열심히 걷고 있구나.

마리코는 근육의 힘이 보통 사람의 10분의 1밖에 안 된다고 쓰여 있었으니까 나는 마리코보다 10배나 더 힘을 낼 수 있어. 학교까지 다섯 번 왔다 갔다 하면 되는 셈이야.

오늘은 비가 왔지만 마리코한테 도전해 봤어. 세 번째쯤

되니까 우산이 무거워져서 양손으로 들었다가 한 손씩 번 갈아 들었다가 했고, 네 번째에는 손도 발도 축 늘어지고 울고 싶었어. 그래도 다섯 번째에는 엄마가 "거의 다 됐어. 힘내" 하고 말해 줘서 터덕터덕 걸었어.

겨우 집에 도착했을 때 현관에 뻗어버렸어. 이렇게 힘들 줄은 몰랐어. 하지만 마리코는 날마다 학교 갈 때도 돌아 올 때도 힘들다는 말을 하지 않아서 정말로 인내심이 강하 고 대단하다는 걸 잘 알 수 있었어.

우리 집 근처 양호학교에서 마리코 같은 아이들이 가끔 씩 공원에 놀러 와. 큰 소리로 "구구구, 비둘기 구구" 하고 똑같은 노래만 계속 부르는 애, 갑자기 "우오!" 하고 소리 지르면서 길 한복판을 뛰어가는 애도 있어.

나, 지금까지는 어쩐지 무서워서 얼른 집에 가버렸는데, 마리코를 알고 난 뒤에 양호학교에 엄마랑 찾아갔어.

가니까 금세 대여섯 명이 모여들어 내가 내민 꽃을 쓰다 듬었는데, 꼭 "예쁘다" 하고 말하는 것 같았어. 말을 거니 까, 생글생글 웃으면서 "응, 응" 하고 고개를 끄덕였어. 자 기가 만든 안경을 조심스레 내밀며 보여 준 아이도 있어. 어떤 아이는 장난감 부수는 걸 좋아한대. 우리 이웃집 오짱이랑 똑같아.

이야기를 하니까 학교 친구들이랑 하나도 다르지 않고, 지금까지 생각했던 거랑 걱정했던 게 거짓말처럼 느껴졌어.

집에 돌아갈 때도 "또 놀러 와" 하고 말하면서 현관까지 배웅해 주었어. 진짜 친절했어.

친구가 많이 생긴 것 같아서 무지 기뻤어. 이제 공원에서 만나도 도망가지 않고 같이 놀 수 있어.

마리코, 앞으로도 친구 많이 만들고, 힘내. 나도 마리코한테 지지 않도록 힘낼게.

우리는 책을 읽고 감동을 받아도 자칫 일과성으로 끝나 버리기 쉽지만 아이들은 그렇지 않습니다. 자기 자신의 문제로 받아들이고 경험해 보려고 합니다.

그렇기 때문에 아이들은 변화하는 것이겠지요.

나는 실제로 미사코와 함께하며 누군가의 곁을 지킨다는 것이 어떤 의미인지 배웠고, 가타야마 미키는 미사코의 분신이기도 한 마리코에게 배우고 자신을 변화시켰습니다.

그런데 미사코는 어떻게 성장했을까. 내가 전하고 싶은

것이 이 부분입니다.

나는 미사코의 중학생, 고등학생 시절을 모릅니다.

미사코가 보내온 편지에 따르면 이렇습니다.

선생님, 어떻게 지내세요. 아마도 바쁘게 일하면서 지내시겠죠.

아와지 섬에 있는 선생님 댁에서 묵고 간 것이 제가 대학에 입학하던 해 봄이었으니까 벌써 6년이 지났습니다. 선생님을 뵌 것은 거의 8년 만이었고요. 그때 선생님은 "예전이랑 하나도 안 변했구나" 하고 말씀하셨죠.

저야말로 작가로 활동하고 계셔도 옛날에 그림을 가르쳐 주시던 때의 선생님과 조금도 다르지 않구나 생각하며 기뻐했던 기억이 나요.

그 무렵은 곧잘 교실을 벗어나 수영장이나 유원지로 나갔죠. 선생님은 제가 헤엄을 칠 수 있게 해 주시거나 목말을 태우고 다녀 주셨어요. 그 시절이 그립네요.

나는 지금도 이 편지를 소중히 간직하고 있습니다.

이 편지를 보면 미사코가 성장했다는 사실을 알 수 있을 뿐 아니라 여러 가지로 배울 것이 많기 때문입니다.

곁을 지켜 주던 할머니가 연로하십니다. 이곳저곳 쇠약해지고 그 때문에 미사코와 갈등이 생기는데, 미사코는 그것을 통해서도 배웁니다. 많은 사람들에게 도움을 받았지만 그것을 당연하게 생각하는 마음이 어딘가에 있었던 게 아닌가, 하고 스스로를 돌아봅니다.

저를 도와주신 분들에 대한 배려나 이해심이 없었던 게 아닌가 하는 생각을 해요. 저 자신뿐 아니라 할머니까지 돌봐야 하는 상황이 되자, 부끄러운 얘기지만 그제야 비로소 돌보는 쪽의 어려움이나 부담감을 헤아릴 수 있게 되었어요.

미사코는 무척 적극적으로 살아가고 있습니다.

고등학생 때는 시를 즐겨 썼다고 합니다. 시집을 내겠다는 희망을 갖고 다시 창작을 시작했다고 합니다.

고등학교를 졸업한 후에는 어렸을 때부터 간직해 온 꿈, 교사의 길을 택했습니다. 오래전부터 영어회화 공부도 하고 있는데, 젊은 미국인 선생과 일본 교육에 대해 이야기하는 일도 많다고 합니다.

바로 얼마 전에도 젊은 여선생님 두 분을 집으로 초대해
서 함께 밥을 먹었어요. 학교 교칙이나 체벌이 화제가 되
었습니다. 일본의 학교에서는 상식이 되어버린 것도 그들
에게는 경이로움, 아니 위협이었어요. 제가 반쯤 농담으로
말했어요.
"마샤. 당신이 일본 교사들을 좀 가르쳐요."
마샤도 "그럴 수만 있다면 꼭 그러고 싶네요" 하고 웃으
며 대답하더군요.

미사코는 '서로 다름'에 깊은 흥미가 있다고 합니다. 안
방대장에다 여러 사람이 모인 자리에서 활발하게 말하거나
하지는 못하지만 저는 사람이 좋으니까요, 하고 쓰여 있었
습니다.
노후를 위해 자식이 있어야 하니까 결혼을 하고 싶다는
친구에게 불완전한 두 사람이 서로를 얼마나 인정하고 인
내하고 사랑할 수 있는지를 배우는 것이 결혼이 아닌가, 하
고 의문을 던지기도 합니다.

무엇보다 내가 마사코의 편지에서 가장 감동한 것은 다음 부분입니다.

지난번에 교회 목사님 사모님의 큰아버지 되는 분이 오셨어요. 그분은 한국에서 온 교회 목사님이신데, 48년 전 일본에서 광부로 일했다고 해요.

나이가 들어 옛날에 살던 일본을 보고 싶어서 찾아왔다고 합니다.

예배를 마치고 한 젊은 여성이 그분에게 말했습니다.

"일본인의 죄를 용서해 주세요."

목사님이 되물었습니다.

"일본인의 죄가 무엇인데요?"

"일본인이 한국분들에게 저지른 잘못이요."

선생님, 한국 목사님이 뭐라고 말씀하셨을 것 같아요?

"일본인을 위해 기도할 수 없었던 한국 기독교인들의 죄를 용서하십시오."

선생님, 저는 그 말을 들었을 때의 감동을 제대로 표현할 수가 없어요. 그리고 거만했던 제가 부끄러울 뿐이에요.

미사코의 감수성과 생각에 그저 고개를 숙일 따름입니다.

업은 아이에게 배운다는 속담이 있는데, 나처럼 복이 많은 사람도 그리 흔치 않으리라 생각합니다.

어린이라는 작은 거인

사람은 저마다 자라는 힘, 성장하는 힘을 갖고 있습니다.

우리는 그것을 한마디로 가능성이라고 부르지요.

그러나 그 크기가 얼마나 되느냐고 물었을 때 대답할 수 있는 사람은 없습니다. 당연합니다.

예측할 수 있는 것은 이미 가능성이 아니니까요.

그 어마어마하게 거대한 인간의 가능성을 이끌어 내는 것이 교육이 할 일입니다.

교사 시절, 나는 아이들에게 시를 쓰고 그림을 그리게 했습니다. 그 창조의 현장에서 아이들의 가능성은 헤아릴 수 없이 크다는 사실을 어렴풋이 느꼈습니다.

그 결정적인 계기가 된 사건이 있습니다.

3학년 때 담임을 맡았던 무라이 야스코는 수수한 인상을 주는 아이였습니다.

수업 시간에 발표를 거의 하지 않고, 다른 아이들과 어울려 떠들지도 않고, 친구도 그리 많지 않은 아이였습니다. 성적도, 시와 글쓰기 작품도 아주 평범해서 교사가 애써 눈길을 주지 않으면 어딘가로 스르륵 빠져나가버릴 것 같은 느낌이었습니다.

벌써 해가 졌네, 하고 생각하며 나는 교실에서 업무를 보고 있었습니다.

문이 살짝 열리더니 "실례합니다……" 하는 가냘픈 목소리가 들렸습니다.

"들어와요."

고개를 들지 않은 채 그렇게 말했던 걸로 기억합니다.

교실에 들어온 것은 무라이 야스코와 어머니였습니다.

두 사람을 보고 나도 모르게 "무슨 일이지?" 하고 말했습니다.

야스코의 얼굴은 울어서 퉁퉁 부은 것 같았고 어머니도 눈이 새빨갰습니다.

"엄마랑 약속했잖아, 어서."

어머니가 야스코를 채근했습니다.

그러자 야스코가 훌쩍훌쩍 울기 시작했습니다.

몇 번인가 더 재촉을 받고 야스코는 종이 한 장을 주뼛 주뼛 내밀었습니다. 이게 뭔가 싶어 재빨리 눈으로 훑었습니다.

　나는 가게에서 껌 하나를 훔쳤습니다. 잘못했습니다. 선생님, 용서해 주세요.

　그렇게 쓰여 있었습니다.
　야스코가 쓴 글을 들고 나는 한동안 묵묵히 서 있었습니다.
　얼마 뒤, 내가 꺼낸 말은 "진실을 써 봐, 야스코"였습니다.
　딱히 오래 생각하고 그런 말을 한 것은 아닙니다. 얼마간 생각을 했다고는 해도, 시간으로 따지면 아주 짧은 한순간이었을 것입니다.
　왜 그런 말을 했을까.
　나는 나중에야 그 생각을 해 보았습니다.
　야스코는 도둑질을 함으로써 인간성을 잃었지만 야스코 자신도 마음에 커다란 상처를 입었다. 그 상처를 어루만지고 야스코가 다시 힘차게 살아가도록 돕기 위해 교사가 무엇을 하면 좋을까.
　그런 마음이 아니었을까 생각합니다.

도둑질을 했다고 털어놓는 것이 진실을 말하는 것이 아니다. 진실은 도둑질을 한 자신을 철저히 들여다보는 일이다. 그런 생각이 스쳤던 것이겠지요.

나는 어머니를 돌려보내고 야스코를 책상 앞에 앉혔습니다.

그 시간은 야스코에게 너무나 고통스러웠을 것입니다.

야스코는 한 줄을 쓰고 울고, 두 줄을 쓰고 울었습니다.

야스코와 마주한 나 또한 말 그대로 안간힘을 쓰며 나 자신과 싸우고 있었습니다. 울어서 얼굴이 퉁퉁 부을 정도로 힘들었던 일을 또다시 상기시키는 것은 고문이나 마찬가지겠지요.

나는 어린 시절에 도둑질을 한 적이 있습니다. 그때의 고통을 생각하면 야스코가 얼마나 힘들지 잘 알 수 있습니다. 나도 눈물을 흘렸습니다.

어린아이에게 너무 가혹해……. 그만두자, 그만 쓰게 하자……. 몇 번이나, 몇 번이나 생각했습니다.

하지만 나는 그렇게 하지 않았습니다. 야스코는 고통스러운 시간을 견뎌 냈습니다.

그리고 탄생한 작품이 다음의 시입니다.

껌 하나
3학년 무라이 야스코

선생님 화내지 마세요
선생님 제발 화내지 마세요
나 굉장히 나쁜 짓을 했어요

나 가게에서
껌을 훔쳤어요
1학년 애랑 둘이서
껌을 훔쳤어요
금방 들켰어요
틀림없이 하느님이
주인아줌마한테 알린 거예요
나 말도 못 했어요
온몸이 장난감처럼
부들부들 떨렸어요
내가 1학년 애한테
"훔쳐"라고 했어요
1학년 애가

"너도 훔쳐"라고 했지만
나는 들킬까 봐
싫다고 했어요

1학년 애가 훔쳤어요

하지만 내가 나빠요
그 애보다 백배 천배 나빠요
나빠요
나빠요
나빠요
내가 나빠요
엄마한테
안 들킬 줄 알았는데
금방 들켰어요
그렇게 무서운 엄마 얼굴
처음 봤어요
그렇게 슬픈 엄마 얼굴 처음 봤어요
죽도록 때리고는

"너 같은 애는 우리 애 아냐, 나가"
엄마는 울면서
그렇게 말했어요

나 혼자 집을 나갔어요
늘 가던 공원에 갔는데도
다른 나라에 온 것 같았어요, 선생님
어디로 가버리고 싶었어요
하지만 아무리 걸어도
아무 데도 갈 데가 없었어요
아무리 생각해도
다리만 떨리고
아무 생각도 나지 않았어요
밤늦게 집으로 돌아가
물고기처럼 엄마한테 잘못했다고 했어요
하지만 엄마는
내 얼굴을 보고 울기만 했어요
나는 왜
그런 나쁜 짓을 했을까요

벌써 이틀이나 지났는데
엄마는
아직 슬퍼하고 있어요
선생님 어떡하면 좋아요

이 시는 내게 더없이 소중한 보물입니다.
  야스코도 그렇겠지만 나는 이 시를 죽을 때까지, 아니 죽
은 뒤에도 소중히 품고 갈 것입니다.
  야스코는 힘든 시간을 정말로 잘 견뎌 주었습니다.
  그리고 강인한 인간이 될 수 있었습니다.
  저 가냘픈 몸 어디에 그런 힘이 숨어 있었을까요.
  나는 야스코에게 길고 긴 편지를 썼습니다.
  그 일부를 읽어 봅니다.

  야스코가 껌을 훔치려고 했던 건 아마도 순간의 충동이
었을 거야.
  그냥 불쑥 그런 마음이 생겼을 거라고 생각해.
  선생님이 옥수수를 훔친 건 그런 마음에서가 아니었어.
  배고픔을 견디지 못해서 도둑질을 한 거야. 하지만 양쪽

다 잘못했다고만 하면 용서받을 수 있는 가벼운 도둑질이지. 누군가는 '다시는 하지 않겠습니다' 하는 말 한마디에 마음을 풀지도 몰라.

야스코, 여기서 잘 생각해 봐.

곰곰이 생각해 봐야 하는 건 도둑질을 한 사실이 아니라 도둑질을 한 뒤의 마음이야.

사람은 나쁜 짓을 하고 나면 반드시 뭔가에 기대려는 마음을 품게 돼. 실컷 야단맞고 나면 어쩐지 마음이 후련하지. 그게 바로 사람이 뭔가에 기대려는 마음을 갖고 있다는 증거야. 아이들도 나쁜 짓을 했을 때 야단을 맞고 나면 훨씬 즐겁게 놀지 않니? 어른들도 그런 아이들을 보면서 깊이 반성했나 보다, 하고 안심하지.

하지만 양쪽 다 터무니없는 착각을 하고 있는 거야. 아무리 사소한 것이라도 한 번 저지른 죄는 영원히 사라지지 않는다고 선생님은 생각해. 그 죄를 평생 지닌 채 살아가는 것이 인간의 삶이라고 생각해.

야스코. 그걸 잘 생각해 봐. 정말로 엄격한 사람은 한순간도 자신을 속이지 않아. 야스코의 시는 야스코가 그런 사람이 되고자 하는 증거라고 생각해. 그렇기 때문에 선생님은 야스코가 쓴 시를 읽고 눈물을 흘렸어.

야스코.

선생님은 너를 믿어. 지금, 선생님이 할 수 있는 말은 이것뿐이란다.

젊은 교사 시절에 쓴 글이라 지금 읽어 보니 아직 아이들과 완전히 대등하지 못하구나 싶기도 하고 부끄러운 글이구나 싶기도 하지만, 아이들과 정면으로 마주하려는 마음만은 그때도 분명히 지니고 있었구나 싶습니다.

야스코의 어머니도 대단한 분입니다.

조금도 타협하거나 외면하지 않고 야스코와 똑바로 마주보고 있습니다. 약삭빠르게 아이를 이렇게 하겠다, 저렇게 하겠다는 마음에서가 아니라, 전심전력이라는 말처럼 온 마음과 온 힘으로 아이와 마주하고 있는 점에 경의를 표합니다.

야스코가 쓴 시 중에는 어머니가 엄격함과 상냥함을 모두 지닌 분임을 잘 알 수 있는 것이 있습니다.

싫어하는 가게
3학년 무라이 야스코

엄마랑 시장에 갔다
엄마랑 죽순을
보러 가기로 약속했었다
가다가 야스코가 싫어하는
가게 앞을 지나갔다
야스코가 얼른 뛰어가려니까
"왜 그러니?"
하고 엄마가 물으면서
야스코를 억지로
싫어하는 과자 가게로 데리고 갔다
나는 아줌마 눈에 안 띄려고
엄마 뒤에 숨었다
"얘는 벌써 착한 아이가 되었는데도
여기를 지나가는 게 부끄러운가 봐요"
하고 엄마가 말하자
"이제 착한 아이니까
어려워 말고 오렴"

하고 아줌마가 말했다

'껌 하나'라는 시를 어린이가 썼다고 하면 대부분의 사람들은 믿을 수 없다고 합니다. 무리도 아니지요. 교사인 나도 그렇게 생각하니까요. 아마 시를 쓴 본인도 믿기지 않을 듯합니다.

내가 야스코에게 이래라저래라 일러 주며 시를 쓰게 한 것이 아닙니다. 야스코가 국어 시간이나 글쓰기 시간에 쓴 것도 아닙니다.

내가 한 말은 딱 한마디, "진실을 써 봐"였습니다.

따라서 기술적인 부분은 전혀 없습니다.

단 결정적인 것이 있습니다.

이 시를 쓸 때 야스코와 내가 있는 힘을 다해 서로를 마주 보았다는 것입니다. 서로가 서로를 극단까지 몰아갔다고도 할 수 있습니다.

가차 없는 세계에서 자신을 응시합니다. 그때에 엄청난 집중력이 발휘됩니다. 그러자 믿을 수 없이 놀라운 것이 나타났습니다. 이끌려 나왔다고 해도 좋겠지요.

인간의 가능성이란 이런 것이구나, 하고 뼈저리게 느꼈

습니다.

　무한한 가능성이라는 말을 하는데, 그 가능성을 이끌어내는 것이 교사가 할 일입니다. 단지 그것 하나입니다.

　목표를 그렇게 높은 곳에 둠으로써 교사 자신이 변화한다. 아이들과의 관계도 변화한다. 곧 서로에게 배운다는 교육 본연의 모습으로 돌아갈 수 있다고 생각합니다.

인간에 대한 수업

하야시 다케지 선생이 한 말은 지금도 내 마음속에 고스란히 살아 숨 쉬고 있습니다.

- 배움의 유일한 증거는 변화이다.
- 아이들은 빵을 원하는데도 지금의 학교는 아이들에게 빵 대신 돌을 쥐어 주고 있다.
- 진정으로 아이들 편에 선 수업이 이루어진다면 성적의 좋고 나쁨은 나타나지 않는다.
- 아이들의 진정한 가능성은 아무도 예측할 수 없을 만큼 거대하다.
- 교사는 아이들 앞에서 우물쭈물할 수 있어야 한다.

모든 말이 내가 아이들을 바라볼 때나 생각할 때 빠뜨릴 수 없는 심오한 말입니다.

하야시 선생이 위대한 까닭은 이것을 몸소 실천으로 보여 주었기 때문입니다.

미야기 교육대학 학장 시절부터 여러 학교를 돌아다니며 수업을 했고, 세상을 떠날 때까지 그 일을 계속했습니다. 하야시 선생의 수업은 영화로도 만들어지고 책으로도 나와 전국의 많은 교사들이 보았지요.

하야시 선생을 직접 만나기 전부터 선생과 나 사이에는 간접적인 접점이 있었습니다.

내 친구가 "하야시 선생님은 교사들 앞에서 이야기할 때 늘 네가 교사 시절에 가르치던 아이들이 쓴 시를 꺼내 읽어 주셔"라는 말을 전해 주었던 것입니다.

그리고 그 친구는 덧붙였습니다.

그 시를 읽을 때 하야시 선생은 눈물을 흘리거나 목이 메고는 한다고.

나는 그때 하야시 선생은 소크라테스나 다나카 쇼조(일본 메이지 시대 정치가. 자유민권운동에 참가─옮긴이)를 연구하는 분이고 미야기 교육대학의 학장이라는 정도만 알고 있었을 뿐 일본의 교육을 걱정하며 몸소 교단에 서고 있다는 사실은 몰랐습니다.

내가 하야시 선생은 도대체 어떤 사람일까, 하고 강한 관심을 갖게 된 것은 아사히 신문에 선생이 쓴 글을 읽었을 때입니다.

하야시 선생이 수업을 했던 오키나와의 구모지 초등학교 학생들에 대한 글이었는데, 내용은 다음과 같습니다.

4학년들에게는 비버가 댐이나 집을 짓는 것과 사람이 댐 같은 것을 만드는 게 어떻게 다른지 생각해 보게 했다. 이런 글을 쓴 아이가 있었다.

"선생님은 사람은 늘 생각해야 하고 그 생각에는 끝이 없다는 걸 가르쳐 주셨습니다. 아주 중요한 것을 배운 느낌이었습니다."

4학년인 또 한 아이는 이런 감상을 내게 말했다.

"지금도 나는 하야시 선생님과 공부했을 때의 기억이 마음에 남아 있습니다. 하야시 선생님은 우리와 좀 더 공부하고 싶었는지도 모릅니다."

정말 말 그대로다. 나는 당장이라도 오키나와로 날아가고 싶다.

구모지 초등학교 아이들이 수업 시간에 보인 반응은 본

토 아이들보다 훨씬 수준이 높고 알차며 깊이가 있었다. 나와 동행했던 오노 시게미의 사진이 그 사실을 뚜렷이 뒷받침해 준다.

이것은 아이들만의 문제가 아니다. 근본적으로 그 아이들이 자란 세계, 곧 오키나와의 역사와 문화, 그리고 인간의 문제와 관련이 있으리라.

우리가 껍데기뿐인 번영 속에서 무심코 버린 것, 곧 둘도 없는 역사 유산과 인간의 성실함을 오키나와 사람들은 소중히 지켜 왔다.

그것이 전쟁과 점령을 겪어 내며 지금까지도 그들의 삶 속에서 살아 숨 쉬며 그들을 규정하고 있는 것은 아닐까.

오키나와는 우리에게 일종의 향수를 불러일으킨다. 그곳에는, 인간의 삶에 결코 없어서는 안 되는 것을 잃어버린 우리 사이에 만들어진 공허를 메울 수 있는 뭔가가 있기 때문이리라.

나는 오키나와 사람들, 그리고 오키나와의 역사와 문화를 접하고 인간으로 다시 태어날 수 있었던 둘도 없이 소중한 경험을 가지고 있습니다.

오키나와 아이들 앞에서, 그것도 단 한 번의 수업으로 오키나와의 핵심과 오키나와와 '본토'의 관계를 이렇게까지 깊이 통찰할 수 있는 사람은 대체 어떤 사람일까 생각했습니다.

나는 하야시 선생을 알게 해 준 친구에게 꼭 하야시 선생을 만날 수 있게 해 달라고 부탁했습니다.

마침 그 무렵 하야시 선생은 고베의 야간학교인 미나토가와 고등학교에서 수업을 하고 있었습니다. 벌써 몇 번째 수업이 진행되었을 무렵이라고 기억합니다.

처음 만난 것은 수업이 아니라 교사들 앞에서 뭔가 강연을 하던 자리였습니다. 참석자들이 앉을 수 있는 의자가 준비되어 있었지만 나는 친구와 함께 선 채로 선생의 이야기를 들었습니다.

나중에 하야시 선생은 이때 일을 두고 이렇게 말합니다.

"강연 내내 하이타니 씨가 서 있었다는 것은 기억나요. 그래서 하이타니 씨가 왜 서 있었는지 히라오 씨한테 물어봤던 것 같아요. 직접 묻지는 않았죠. 그닥 친한 사이가 아니었으니까. '하야시 선생님이 서서 말씀을 하시는데 앉아서 들을 수는 없다'고 했다는 말을 히라오 씨한테 전해 듣고 뭐랄까, 이 사람, 지독하게 의리 있는 사람이구나 싶었달까(웃음)? 아무튼 그게 첫인상이었지."

두 번째 만남은 미나토가와 고등학교에서 학생들과 함께 하야시 선생의 수업을 들을 때였습니다. 이때는 앉아 있었습니다.

보통 이런 수업을 할 때 선생님들은 참관인으로 교실 뒤쪽에 서서 수업을 지켜보거나 듣거나 하지만, 하야시 선생은 오히려 수업을 망치는 일이라고 싫어했습니다.

하야시 선생에게 배우고자 하는 교사들은 보통 강연 때는 앉고 수업 때는 서 있었는데, 나는 그 반대로 한 셈입니다. 그래서 더욱 하야시 선생 눈에 띄었나 봅니다.

이때도 몹시 놀란 것이 있습니다.

당시 미나토가와 고등학교에는 일하는 젊은이들이 주로 다녔습니다. 게다가 사회에서 밀려나고 차별을 받아 온 사람들도 많아서, 처음에는 이른바 '반항적인 행동'을 하는 현상이 나타났습니다.

간사이 사투리에 '곤타(악동, 반항아, 장난꾸러기라는 뜻이 있다－옮긴이)'라는 말이 있는데, 우연이 겹친 것인지 하야시 선생은 그런 곤타가 있는 반에서 첫 수업을 하게 되었지요.

곤타 중 한 명이 '내가 순순히 수업을 들을 줄 알아?'라는 기분을 노골적으로 드러내며 창밖에 달려 있는 종 끈을 당기려고 했습니다. 수업을 방해하려 한 것이지요.

그때 하야시 선생이 그의 얼굴을 바라보며 아주 자연스러운 미소를 지었습니다.

곤타는 저도 모르게 손을 움츠렸습니다.

나는 그것이 굉장히 인상 깊었습니다.

곤타가 수업을 방해하려 할 때마다 되풀이해 하야시 선생의 눈길을 받으며 점점 수업에 집중하게 되는데, 그 과정은 마치 한 편의 드라마 같았습니다.

나중에 하야시 선생께 그때 일을 여쭤본 적이 있습니다.

그때 하셨던 말씀에 나는 깜짝 놀랐습니다.

"열심히 수업을 들으려는 학생과 그 아이처럼 수업을 방해하려는 학생을 다르게 대하는 재주가 내게는 없습니다."

이분은 도저히 당해 낼 수 없는 사람이구나, 하고 그때 생각했습니다.

하야시 선생의 수업은 한마디로 아이들이나 젊은이들에게 인간이란 무엇인가를 깊이 생각하게 하는 수업입니다.

'인간에 대해서' '개국' '아마라와 카마라(1920년대에 인도의 산속에서 발견된 자매. 늑대 울음소리를 낼 뿐 인간의 말을 하지 못했다고 한다—옮긴이)' 같은 수업도 모두 마찬가지였습니다.

선생의 수업은 소크라테스의 사상에서 출발한 독사(doxa. 플라톤이 두 번째 단계의 지식으로 분류한 것으로, 사람이 감각기관을 통해 상식적으로 품게 되는 견해를 말한다—옮긴이)를 깊이 생각해 보는 것이 특징입니다.

독사는 참된 인식보다 낮은 주관적인 인식을 뜻하는데, 쉽게 말하면 빌려 온 지식이라고 할 수 있습니다.

독사를 깊이 생각한다. 곧 빌려 온 지식을 벗겨 낸다. 그 과정이 하야시 선생의 수업입니다.

굳이 이것을 특징이라고 말하는 까닭은, 보통은 교사가 가르쳐 준 지식을 많이 쌓아 둔 아이를 공부 잘하는 아이로 보는 반면, 하야시 선생은 그런 지식을 깊이 생각해서 벗겨 내라고 하니 오늘날의 주류 교육과 정반대이기 때문입니다.

하야시 선생의 수업에서 성적의 좋고 나쁨은 나타나지 않습니다. 반에서 짐처럼 여겨지는 아이나, 교사가 '문제아'라고 부르는 아이가 하야시 선생 수업에 오히려 더 열중하는 경향이 있습니다.

하야시 선생 자신은 그 점을 다음과 같이 말합니다.

내 수업은 인간이란 무엇인가를 생각하는 수업입니다. 어떤 의미에서 보면 모든 아이가 동일한 선 위에 서는, 핸디캡이 없는 상태가 되는 거죠. 성적이 그다지 좋지 않은 아이들 중에 깊이 열중하는 아이가 나타나고, 그 아이에게서 생각지도 못한 멋진 대답이 돌아오는 경우가 있습니다.

성적의 좋고 나쁨은 아주 제한된 범위 안에서 어떤 대응에 숙련되어 있느냐 그렇지 못하냐에 따른 것이라 볼 수 있지요.

틀에 박힌 질문에 제대로 대응할 수 있는 사람과 그렇지 못한 사람이 있을 수 있지만, 가끔은 그 차이를 없애려는 수업을 해야 한다고 생각합니다.

그 결과 아이들은 어떻게 될까요. 하야시 선생은, 아이들은 일종의 해방감, 카타르시스를 느끼고 정화되는 느낌을 받는다는 의미의 말씀을 하셨습니다.

수업을 듣는 아이들의 표정, 그리고 수업 감상문을 보면 그 점이 잘 드러나 있습니다.

하야시 선생님이 모두한테 말을 걸 때도 어쩐지 나한테

만 말을 거는 것 같았다. 다 같이 수업을 받고 있을 때도 어쩐지 주위에 아무도 없고 나 혼자만 있는 기분이었다.

하야시 선생님은 모르는 아이한테도 질문한다. 나는 하야시 선생님이 질문했을 때 무슨 말을 해야 좋을지 망설였다. 하지만 나는 틀려도 괜찮다는 마음으로 대답했다. 하야시 선생님의 수업은 재미있었다. 보통 때 수업보다 재미있었다. 조금 간단하지만 조금 어려웠다.

하야시 선생 수업의 또 다른 특징을 말해 두고 싶습니다.

하야시 선생의 수업에는 아이들만을 위한 수업이나 청년들만을 위한 수업이 거의 없거나 아예 없다는 점입니다. 따라서 초등학교에서 했던 수업을 그대로 고등학교에서 해도 위화감이 없습니다.

질 높은 수업은 그런 법이지요.

실제로 미나미가쓰시카 고등학교에서 했던 수업에는 초등학생에서 나이 든 노동자까지 참여했습니다.

하야시 선생은 교실 뒤쪽에 서서 그저 수업을 참관만 하는 교사를 싫어한다고 했는데, 가끔 그런 교사를 수업 속으로 끌어들이기도 했습니다.

"지식과 지혜는 어떻게 다르다고 생각해요? 자, 거기 선생님."

하야시 선생은 뒤쪽에 서 있는 교사를 가리킵니다. 질문을 받은 교사는 허둥대거나, 저는 학생이 아니라서…… 하고 꽁무니를 빼지만 하야시 선생은 절대로 그냥 넘어가지 않습니다.

표정이나 목소리는 누구에게나 자애로운 아버지처럼 상냥한 분이지만 사실은 엄격한 분이기도 했습니다.

참된 상냥함은 절망을 헤치고 나온 사람만이 지닐 수 있다고, 진정한 상냥함은 엄격함을 동반한다고 곧잘 말씀하셨습니다.

하야시 선생은 도둑질을 하고 고뇌하는 아이가 쓴 '껌 하나'라는 시를 교사들 앞에서 곧잘 읽으셨는데, 나와 대담을 하면서 다음과 같이 말했습니다.

야스코가 도둑질이라는 자신의 행위를 외면하지 않고 응시하도록 하는 것, 그 고통스러운 일을 하도록 만드는 것, 이것이야말로 교사의 헌신이라고 할 수 있겠지요. 내가 자주 하는 말이지만, 상냥함과 엄격함은 하나라고 생각합니다. 적어도 교육이라는 행위 안에서는 상냥함과 엄격함이 하나여야 한다는 것이 '껌 하나'가 탄생하는 과정에 아주 뚜렷이 드러나 있어요.

나는 소크라테스에게 '교육은 반박에서 정화'라는 사상을 배웠는데, 그 시가 탄생하는 과정에 그 증거가 있다고 생각합니다. 하이타니 겐지로 씨가 어떤 작은 속임수도 용납하지 않고 엄격하게 몰아붙였기 때문에 야스코는 자기 혼자서 도달할 수 없는 높은 봉우리에 올랐어요.

하이타니 겐지로 씨의 그 엄격함, 그것이 그대로 상냥함인 셈인데, 그것이 없었다면 그 시는 탄생할 수 없었을 거예요.

하야시 선생은 생명에 대한 경외감이 동반되지 않는 교육은 교육이 아니라고 늘 말씀하셨습니다.

모든 아이들은 저마다 둘도 없는 개성과 능력을 갖고 있기 때문에 그것을 찾아서 이끌어 내는 교육이 일본 교육의 주류가 될 때까지 수업을 계속할 거라고 하셨지요.

하야시 선생의 그런 의지를 굳게 이어받고 싶습니다.

교실에서 처음 생각을 말한 아이

내가 하야시 다케지 선생에게 영향을 받아 자신을 응시하고 깊이 생각해 보는 나 나름의 수업을 해 보기로 마음먹은 것은 학교를 그만둔 지 8년째 되던 해에 《태양의 아이》라는 작품을 막 발표했을 무렵이었습니다.

하야시 선생은 교사들에게 "일 년에 한 번이라도 좋으니 지금 여러분이 생각하고 있는 것을 주제로 삼아 교과서에도, 보조 교재에도 의지하지 않는 자신만의 수업을 만드세요. 그것으로 아이들과 정면으로 맞부딪혀 보세요. 그러면 평소 수업도 변화할 것입니다" 하고 말했습니다.

하야시 선생을 흉내 내서는 안 되지만 하야시 선생의 교육 방향을 이어받아 내 수업을 만들어 보자고 생각했습니다.

나는 어린이문학가이기도 하니까 인간의 상냥함에 대해 늘 생각합니다.

상냥함이란 무엇일까.

그래, 그것을 아이들과 같이 생각해 보자.

그때 나는 간사이에 살았기 때문에 교토, 나고야, 오사카 들의 초등학교와 대학에서 같은 주제로 수업을 했습니다.

오사카 부 모리구치 시에 있는 가지 초등학교에서 했던 수업을 이야기해 보겠습니다.

수업 내용은 다음 장에서 자세히 밝히기로 하고, 여기서 는 주로 아이들의 반응을 중심으로 이야기하겠습니다.

하야시 선생은 보조 교재도 쓰지 말라고 하셨지만, 나는 아직 그럴 만한 능력이 없었기 때문에 하세가와 슈헤이 씨 의 그림책 《하세가와가 싫다》를 가지고 수업을 했습니다.

그리 길지 않은 글이라 전문을 싣습니다.

저번엔 진짜 너무했다. 일요일에 우리가 히로미네 산에 올라간다니까 하세가와가 "나도 갈래" 했다.

"안 돼 안 돼, 넌 힘들어" 하니까 울기 시작했다.

욧짱이 "불쌍하다. 데려가자" 해서 어쩔 수 없이 데려가 기로 했다.

일요일 아침에 산에 올랐다. 10분도 안 걸었는데 하세가와가 얼굴이 새파래지면서 땀을 뻘뻘 흘렸다.

"힘들어?" 하고 물으니까 후들후들 엉덩방아를 찧어버렸다.

그래서 우리가 번갈아서 하세가와를 업고 올라가야 했는데 도중에 비가 내려서 쫄딱 젖어버렸다.

나는 하세가와가 싫다. 하세가와랑 있으면 재미가 없다. 뭘 해도 서투르고 폼이 안 난다. 콧물 흘리지, 이빨 딱딱거리지, 팔다리는 후들거리지, 눈은 어딜 보고 있는지 알 수 없다.

유치원 때 하세가와가 왔다. 유모차를 타고 와서, 다들 "아기 같아" 하면서 웃었다.

선생님이 "하세가와는 몸이 약하니까 잘 돌봐 주세요" 했다.

나는 잠자리를 잡아 주었다.

하세가와는 "잠자리, 필요 없어" 했다.

"왜?"

"벌레, 싫어."

"여자애 같아, 너."

그러니까 하세가와가 울어버렸다. 화가 나서 "울지 마"
하고 때려 줬다.

초등학교에 들어가서 하세가와는 피아노를 배우기 시작
했다.

하세가와는 피아노가 서툴지만 피아노 칠 때가 제일 즐
거워 보인다. 여자애 같다, 진짜로.

"그 애, 싸워도 만날 져서 울기만 하니까 피아노로 이길
거라며 연습하고 있단다" 하고 아줌마가 말했다.

아줌마가 하는 말, 무슨 말인지 모르겠다.

"아줌마가 하는 말, 잘 모르겠어요. 아줌마, 하세가와는
왜 저렇게 엉망진창이에요?" 하니까, 아줌마가 한숨을 내
쉬었다.

"있잖아, 그 애는 아기 때 비소라는 독이 든 우유를 먹었
어. 그래서 몸이 망가진 거야. 그래도 그 애는 건강한 편이
야. 더 심한 사람도 있고 죽은 사람도 엄청 많아."

"아줌마가 하는 말, 잘 모르겠어요. 왜 그런 우유를 먹인
거야? 아줌마가 하는 말, 무슨 말인지 모르겠어요."

"그럴 거야. 아무튼 그 애랑 친하게 지내 줘" 하면서 아

줌마는 사탕을 주었다. 그래서 산에도 데려갈 마음이 생겼던 거다.

하세가와가 싫다. 기껏 우리 친구들 사이에 끼워 줬는데. 야구할 때도 하세가와한테는 공을 느리게 던져 주는데. 그런데도 내리 삼진만 당한다.

한 번도 못 이긴다. 화도 안 나는 걸까.

하세가와, 좀 더 빨리 달려 봐. 하세가와, 울지 마. 하세가와, 웃어 봐.

하세가와, 살 좀 쪄. 하세가와, 밥 많이 먹어. 하세가와, 괜찮아? 하세가와.

하세가와랑 같이 있으면 힘들어 죽겠다.

하세가와가 싫다. 너무 너무 너무 싫다.

이 그림책은 상냥함에 대한 우리의 고정관념을 보기 좋게 깨뜨려버리는 대단한 작품입니다. 겉치레 사회를 살고 있는 우리 어른이 움찔할 만큼 박력이 있습니다.

하야시 선생은 어린이를 순진무구하다고 말하는 것에 반대합니다. 어린이도 때가 잔뜩 묻어 있다고 합니다.

순수한 부분도 물론 있지만 속된 부분도 있다. 상냥함도 지니고 있지만 그와 반대되는 것도 지니고 있다. 곧 양쪽을 모두 살고 있다는 것이지요.

이 그림책이 그것을 훌륭하게 보여 줍니다.

6학년 반에서 수업을 했는데, 굉장히 예리한 의견이 나왔습니다.

그중 하나를 들면, 하세가와는 몸이 약하니까 잘 돌봐 주라고 한 선생님은 상냥하지 않다고 합니다.

나는 그 아이에게 왜 그렇게 생각하느냐고 물었습니다.

선생님은 아무 일도 하지 않잖아요, 하고 말하더군요.

뭔가를 함께하지 않으면 상냥한 것이 아니라고 합니다.

아이들은 아주 집중해서 수업을 들어 주었습니다. 텔레비전 카메라가 바싹 다가와도 알아차리는 아이가 한 명도 없었습니다.

그 반에는 말로는 남들과 충분한 대화를 나누지 못하는 아이가 있었습니다.

앞자리에 앉은, 살집이 좀 있는 남자아이였습니다.

처음에는 나도 그런 아이인 줄 전혀 몰랐습니다. 담임선생님도 미리 알려 주지 않았습니다. 그 아이에게 발표를 하게 하고서야 알아차렸습니다.

아이는 어떻게든 말을 하려고 했지만 좀처럼 말이 되지 않습니다. 짤막한 말 한마디가 나오기까지 기나긴 시간이 걸립니다.

나는 고개를 끄덕이며 아이의 말을 듣고 있었지만 등에는 식은땀이 흘러내리는 것을 알 수 있었습니다.

텔레비전 카메라가 그 아이를 향하고 있습니다.

계속해도 괜찮을까.

어떡하지, 어떡하지……. 나는 조바심이 났습니다. 그러다 "자, 생각이 좀 더 정리되면 다시 발표하세요" 하고 그 아이를 자리에 앉히고 말았습니다.

그것은 그 아이에 대한 차별이었다고, 나는 깊이 반성합니다.

몇십 분이 걸리더라도 아이가 말을 끝낼 때까지 기다렸어야 합니다. 하야시 선생이라면 그렇게 했을 겁니다.

다른 아이가 의견을 말한 뒤, 나는 다시 아이들에게 질문을 했습니다. 그러자 그 아이가 또 손을 들었습니다.

자리에 앉혀버리고 곧바로 아뿔사 하고 생각했기 때문에 주저하지 않고 그 아이를 가리켰습니다.

물론 그 아이가 말하는 속도는 여전히 느립니다.

그러나 이번에는 시간이 걸려도 아이의 말을 끝까지 들었습니다.

그 아이는 수업을 하는 동안 세 번이나 손을 들고 자기 생각을 말했습니다.

"오늘은 정말 고마웠어요. 다들 수업을 열심히 들어 줘서 아주 기뻤어요. 정말로 고마워요."

나는 그렇게 말하고 교실을 나왔습니다.

그날 그 학교의 모든 선생님이 내 수업을 참관했기 때문에 함께 대화를 나누는 자리가 마련되었습니다.

그 자리에서 뜻밖의 이야기를 들었습니다.

선생님 두세 분이 의견을 말하고, 이어서 내가 수업한 반의 담임선생이 손을 들고 일어났습니다.

아직 젊은 여선생이었습니다.

"오늘, 수업을 지켜보고 제가 얼마나 무력한지 실감했습니다……."

선생님은 그렇게 말을 꺼냈습니다.

처음에는 의례 하는 말이겠거니 했는데, 이어서 "반 아이들에게 미안해요……" 하면서 울먹였습니다.

"미노루한테는 특히나 더 미안해서……."

선생님은 눈물을 훔쳤습니다.

미노루는 말하는 것이 자유롭지 못한 그 아이를 말합니다.

선생님 말에 따르면, 미노루는 말을 하는 것이 힘들기 때문에 그것을 의식해서인지 평소에 거의 말이 없다고 합니다. 꼭 필요한 말을, 그것도 몇몇 친구들하고만 나눈다는 것입니다.

"제가 귀를 가까이 대서 듣지 않으면 들리지 않을 만큼 작은 목소리로……."

그 선생님의 말에, 나는 네? 하고 놀랐습니다.

수업 시간에 미노루는 거의 고함에 가까운 큰 소리로 말을 했기 때문입니다.

담임선생님은 말했습니다.

"미노루가 온 힘을 다해서 열심히 말을 하는 모습을 보고 저는 눈물을 참을 수가 없었습니다. 사실 그 아이는 수업 시간에 스스로 손을 들어 발표한 적이 지금까지 한 번도 없었어요."

자리가 숙연해졌습니다.

다들 그제야 담임선생님이 눈물을 흘리는 이유를 이해했

던 것입니다.

수업이 갖는 힘이 얼마나 큰지, 교사 쪽에서 미노루에게 배운 셈입니다.

내 수업은 하야시 선생의 발치에도 못 미치지만, 하야시 선생의 교육 이념과 방향을 따르는 것만으로도 아이들에게 전혀 다른 변화가 나타났다는 사실은 깊이 생각해 볼 필요가 있지 않을까요.

하세가와 슈헤이 씨의 《하세가와가 싫다》라는 그림책의 존재감도 묵직합니다.

나는 이 엄중한 사실을 나 나름대로 생각해 보았습니다.

평소에 발표라고는 하지 않는 아이가 이마에 땀까지 흘리며 힘겹게 자기 생각을 말했다. 이것은 어디에서 비롯된 것일까.

미노루에게 상냥함을 생각한다는 것은 한 시간짜리 수업의 문제가 아니다. 말로 의사소통을 하는 데에 어려움이 있는 미노루가 이 사회에서 인간답게, 그리고 기쁨을 누리며 살아가기 위해서는 생명은 서로 기대며 살아간다는 연대의식이 반드시 필요하다. 미노루에게 상냥함을 생각한다는 것은 생사의 문제였다고 할 수 있지 않을까.

그렇게 생각하지 않으면 미노루의 진지함과 집중력은 그저 기적이라고 할 수밖에 없습니다.

진정으로 아이들 편에 선 수업이 이루어진다면 성적의 좋고 나쁨은 나타나지 않는다는 하야시 선생의 말이 무겁게 다가옵니다.

엄격한 것은 상냥한 것

수업 이야기를 계속하겠습니다.

나는 지난 2년여 동안 일곱 번 수업을 했습니다.

초등학교에서 두 번, 대학교에서 다섯 번입니다.

주제는 똑같이 '인간의 상냥함에 대하여'입니다. 고베 시 다카하 초등학교에서 했던 수업을 중심으로 시간순에 따라 이야기하겠습니다.

"오늘은 생각하는 공부를 할 거예요. 생각하는 공부니까 공책에 적거나 외울 필요는 없어요. 생각한 것을 말해 주세요. 발표를 잘 못하겠다는 어린이도 있을 테니까, 억지로 할 필요는 없어요. 눈을 보면 생각을 하고 있는지 아닌지 다 알 수 있으니까."

그렇게 말하고 처음에는 어깨 힘을 빼 둡니다.

"무엇에 대해서 생각할 거냐면, 상냥함에 대해서예요. 인간의 상냥함이죠. 다짜고짜 상냥함이 뭐냐고 하면 어려워하는 어린이도 있을 테니까, '귀여워하다'를 두고 먼저 생각해 볼까요? 사람의 아기를 귀여워하는 것과 강아지를 귀여워하는 것은 똑같을까요, 다를까요?"

아이들은 다양한 생각을 말해 줍니다. 다카하가 아닌 다른 초등학교에서였는데, 사람의 아기도 강아지도 생명이 있으니까 똑같다고 말한 아이에게, 집에 불이 나면 누구라도 사람의 아기를 먼저 데리고 도망칠 텐데 네 말은 좀 이상해, 하고 딱 잘라 말한 아이가 있습니다.

"자, 지금 생각하고 있는 것들은 잠깐 내려놓으세요. 이 수업이 끝난 뒤에 다시 한번 생각해 보세요. 날마다 생활하면서 여러분은 다른 사람한테 상냥하게 대한 적도 있고 다른 사람이 여러분한테 상냥하게 대해 준 적도 분명히 있을 테니까, 그걸 말해 보세요."

이것은 경험이니까 아이들은 갖가지 경험을 말해 줍니다.

지우개를 안 가져왔는데 친구가 빌려주었을 때 기뻤다고 하면, 내가 칠판에 '기뻤다'고 씁니다. 그렇게 몇 번 반복한 뒤에 내가 말합니다.

"그렇다면 여러분이 생각하는 인간의 상냥함은 여기에 쓰여 있듯이 기뻤다, 마음이 따뜻해졌다, 평화로운 기분이

들었다. 다음에 꼭 은혜를 갚아야겠다고 생각했다. 그 사람한테 잘해 주고 싶어졌다 같은 마음을 불러일으키게 하는 사람의 행위라고 봐도 되겠어요?"

아이들이 네에, 하고 큰 소리로 대답합니다.

"알겠어요. 자, 이 시를 들어 보세요."

그렇게 말하고 나는 '껌 하나'라는 시를 읽었습니다.

앞서 전문을 소개했지만, 껌을 훔치고 고뇌하는 아이가 쓴 시입니다. 시를 읽은 뒤 내가 말합니다.

"야스코한테 이 시를 쓰게 한 선생님은 상냥한가요?"

여기서 아이들의 표정이 달라집니다.

지금까지 활발하게 발표하던 아이들이 입을 닫아버립니다.

아이들 마음속에 뭔가 변화가 생기고 있다, 그것이 아이들의 표정에 그대로 드러납니다.

"어때요? 상냥하다고 생각해요? 그렇지는 않은 것 같아요?"

내가 이 질문을 두 번, 세 번 되풀이하자 그제야 한 아이가 머뭇머뭇 손을 들었습니다.

"…… 나는…… 그 선생님은…… 나는…… 상냥하다고 생각하는데…….”

이런 식으로 생각에 생각을 거듭하며 말했습니다.

“그건 이상하잖아요. 여러분은 방금 전에 인간의 상냥함은 기뻤다, 마음이 따뜻해졌다, 평화로운 기분이 들었다…… 그게 인간의 상냥함이라고 했잖아요.”

내가 그렇게 말하자 아이들은 다시 입을 닫아버리고 말았습니다. 생각에 잠겨 있는 것이지요. 표정이 점점 심각해집니다.

“어떤 부분이 상냥하다는 거죠?”

내가 큰 소리로 말하자, 한 아이가 저도 모르게 불쑥 말이 튀어나온 듯이 말했습니다.

“…… 엄격하니까.”

“엄격하니까 상냥하다? 그런 뜻이에요?”

그 아이는 고개를 끄덕입니다.

“학생은 때로는 엄격한 것이 상냥한 것이라고, 방금 생각했다는 거죠?”

그 아이가 끄떡 고갯짓을 했습니다.

그러자 많은 아이들의 굳은 표정이 풀리고, 나도 그렇게 생각해요, 저도 그렇게 생각해요, 하는 목소리가 여기저기서 들렸습니다.

"나는 이렇게 생각해 봤는데, 어때요? 인간의 상냥함에는 여러 가지 모습이 있어서, 기뻤다, 마음이 따뜻해졌다, 평화로운 기분이 들었다 같은 모습을 가진 상냥함도 있지만, 어떨 때는 엄격함이라는 모습을 띤 상냥함도 있다고요. 어때요?"

아이들은 고개를 끄덕이며 그거예요, 그 말이에요, 하고 환한 얼굴로 말했습니다.

"알았어요. 그럼, 좀 더 생각을 이어가 보도록 하죠."

나는 쓰요시라는, 뭔가를 이해하는 데 시간이 좀 걸리는 아이와 반 친구들의 사진을 가지고 수업을 이끌어 나갔습니다. 먼저 세이코라는 아이가 쓰요시의 손을 잡고 공부를 하고 있는 사진을 보여 주면서 물었습니다.

"왜 이렇게 앉아서 수업을 할까요?"

"안정이 되니까."

"마음이 안정되니까? 그렇죠. 마음이 안정되죠. 어느 쪽이?"

"쓰요시 쪽이."

"그렇죠."

다음으로 또 다른 사진 두 장을 보여 주었습니다. 세이코가 쓰요시 손을 잡고 함께 바위를 건너가는 사진과 손만 뻗어서 쓰요시가 바위를 건너는 것을 도와주는 사진입니다.

　"쓰요시는 바위가 많은 곳에서 겁을 먹고 앞으로 나아가지 못합니다. 아이들의 세계에서는 이럴 때 반드시 도와주는 사람이 나타나죠. 이때도 세이코가 도움을 주었어요. 이 두 사진을 잘 비교해 보세요. 어디가 어떻게 다른지. 그리고 그 까닭은 무엇인지."

　몇 번인가 이야기가 오가고 한 아이가 말하기를, 쓰요시가 직접 하시 않으면 쓰요시한테 도움이 되지 않는다고 합니다.

　"그렇죠. 손을 잡고 같이 가 주는 것도 상냥하지만 쓰요시가 용기를 낼 수 있도록 이끌어 주는 것도 상냥하다고 할 수 있죠."

　이 두 가지 상냥함을 두고 이야기 나누고 있을 때, 쓰요시가 용기를 낼 수 있도록 이끌어 주는 쪽의 상냥함이 더 가치가 있다고 말한 아이가 있었습니다.

　"재미있는 말이네요. 가치가 있다. 흐음. 왜 그렇게 생각하죠?"

"그게, 쓰요시가 달라졌으니까요."

"그래요. 쓰요시는 달라졌어요. 바위를 내려오고 있죠. 쓰요시인 건 똑같은데, 이때의 쓰요시와 이전의 쓰요시는 다릅니다. 변화한 쓰요시가 있습니다."

나는 칠판에 '변화하다'라고 썼습니다.

"'상냥하다'와 '변화하다'는 아무래도 서로 관계가 있는 것 같죠? 그럼 이번에는 이 '변화하다'에 대해 생각해 볼까요?"

나는 이런 식으로 수업을 이어갔습니다.

그리고 마지막 사진을 가리키며 "이 사진을 유심히 봐 주세요" 하고 말한 다음 3분 정도 가만히 들여다보게 했습니다. 쓰요시, 쓰요시의 친구 세이코, 그리고 바바라는 아이가 밝게 웃으며 같이 공부하고 있는 사진입니다.

이 학교에서는 장애가 있는 아이를 따로 떼어 놓지 않고 자유롭게 교실을 드나들 수 있도록 했습니다. 바바는 6학년인데, 어느 날 쓰요시와 세이코 반에 들어와 보고 상당히 마음에 들었는지 그 뒤로 셋이 사이좋게 지냈습니다. 사진을 보고 있는 것만으로도 마음이 평화로워집니다. 그 사진을 보여 주었습니다.

그리고 내 수업은 끝났습니다, 하고 마무리했습니다.

내가 걸어 둔 사진을 내리고 있는데, 한 아이가 "아, 재미있다" 하고 말했습니다.

그 아이가 쓴 글입니다.

하이타니 겐지로 아저씨는 어떤 사람일까 궁금했습니다. (중략) 커다란 가방을 들고 왔습니다. 나는 딱 보자마자 "푸하하" 웃어버려서 미안해서 고개를 돌려버렸습니다.

"제가 음…… 하이타니 겐지로입니다" 하고 말했습니다. 어떤 수업인지 기대되었습니다. 수학? 국어? 도덕? 가슴이 두근두근했습니다. 갑자기 "오늘 할 공부는 '생각하다'입니다" 하고 칠판에 썼습니다. 와, 글씨 정말 못 쓴다, 생각했다. 일부러 저러나? 생각했습니다.

문제를 냈습니다. 다들 손을 들지 않습니다. 너무 예의가 아니라고 생각했습니다. 아이들을 보니까 어쩐지 지루한 얼굴이었습니다.

틀려도 괜찮으니까 손을 들자 생각하고 반쯤 들었는데, 하이타니 겐지로 아저씨랑 눈이 마주쳐버렸고, 손 든 거죠? 하고 말해서 발표를 하게 되었습니다. (중략)

다음 주제는 '상냥함'이었습니다. 사진을 엄청 많이 보여 주었습니다. 종이 울렸습니다.

"시간이 없으니까 그 사진은 됐어요" 하고 말했습니다. 나는 '종이 울려도 아직 괜찮은데' 하고 생각했습니다. 보통 때는 종이 좀 더 빨리 울렸으면 좋겠다고 생각하는데, 이때는 종소리가 싫었습니다. 좀 더 오래 같이 있고 싶었으니까. (중략) 비디오 촬영을 하면서 "오늘 하이타니 겐지로 아저씨의 수업, 어땠어요?" 하고 물어서, 나는 "처음에는 뭐가 뭔지 잘 몰랐지만 나중에는 굉장히 재미있었습니다"라고 대답했습니다. (중략) 하이타니 겐지로 아저씨는 "상냥함이란 사람을 변화시키는 힘을 갖고 있을지도 몰라요" 하고 말했지만, 나는 반드시 변화시키는 힘을 갖고 있다고 생각합니다. _4학년 야마모토 게이타

이 반의 담임인 가시마 가코 선생의 편지도 함께 받았는데, 그 편지에 따르면 야마모토 게이타는 숙제를 해 오는 게 오히려 이상한 아이라고 합니다. 그런 게이타가 앞에 소개한 내용의 세 배쯤 되는 긴 글을 보내 주었습니다.

글을 보면 "있을지도"에 밑줄을 긋고, 자기는 "있을지도"

가 아니라 반드시 있다고 생각한다고 밝힙니다.

게이타가 왜 이런 강한 말투를 썼을까. 그것은 한 시간 동안 여러모로 생각하고 시행착오를 거친 끝에 스스로 찾아낸 답이었기 때문이라고 생각합니다.

강요당하거나 억지로 외운 답이라면 이렇게 하지 않았겠지요.

다른 아이들이 쓴 글도 저절로 웃음 짓게 되는, 그러면서도 예리한 시각이 담겨 있는 글이었습니다.

하이타니 겐지로 선생님의 수업은 상냥함이란 무엇인지 알아보는 수업이었습니다. 내가 지금까지 생각해 보지도 못했던 문제를 냈습니다. 하지만 나는 아주 좋은 수업이었다고 생각합니다. 그리고 하이타니 겐지로 선생님은 그런 마음을 갖고 있기 때문에 그런 책을 쓸 수 있구나 하고 생각했습니다. _마쓰모토 아유미

수업은 아주 잘 이해됐다. 나는 책을 쓰는 사람인데도 어떻게 학교 수업을 할 수 있는지 감탄했다. 수업에서 했던 것은 '상냥함'에 대해서였다. 상냥함이 사람의 성격을

바꾸는 게 놀라웠다. 보통 때 하는 수업보다 이런 수업이
좋다.   _다카시나 가오리

  수업이 시작되었다. 독특한 글씨로 '상냥함에 대해서'라
고 칠판에 썼다. 선생님은 시를 읽어 주었다. 도둑질에 대
한 것이었다. 작가인 만큼 어려운 질문을 했다. 나는 좀처
럼 대답할 수 없었다. 선생님이 워낙 유명한 작가여서 손
을 드는 데에도 용기가 필요하다.   _다나카 쥰

  하이타니 겐지로 아저씨의 수업에서 생각을 가장 많이
한 건 사진을 보여 주었을 때부터였던 것 같다. 지체장애
가 있는 쓰요시가 산에 올라갈 때 굉장히 겁을 먹은 것 같
았다. 세이코가 손을 내밀어도 무서워했다.
  쓰요시를 혼자 힘으로 산에 올라가게 한 세이코는 굉장
히 훌륭하다고 생각한다. 마지막 사진에서 쓰요시는 무척
기뻐 보였다. 만약에 쓰요시가 자기 힘으로 올라가지 않았
으면 저렇게 기쁘지 않았을 것 같다. 하이타니 겐지로 아
저씨의 수업은 국어 수업도 도덕 수업도 아닌 것 같다.

                                          _나카무라 게이코

긴장이 됐지만 무지무지 기뻤다. 왜냐면 자랑하고 싶은 일이고 죽을 때까지 가장 기억에 남을 거라고 생각하니까.

수업이 좀 어려워서 처음에는 '재미없겠다'고 생각했지만 나중에는 꽤 재미있었고 마지막에는 엄청 재미있었다.

처음엔 뭐가 뭔지 몰랐지만 나중에는 대충 다 이해할 수 있었고 마지막에는 아주 잘 이해할 수 있었다. 그래서 재미있었던 거다.

수업을 끝낼 때 왜 그렇게 끝냈는지 나중에 생각해 봤는데, 그 뒤에 다시 곰곰이 생각해 보라는 뜻이 아니었을까?

_아소 치나쓰

아이들은 아주 정확하다고 생각합니다. 아소 치나쓰의 글을 읽으면 너무나 정확하게 내 마음을 꿰뚫고 있습니다.

상냥함의 문제를 생각하는 것은 한 시간으로 끝나지 않는다, 앞으로도 죽을 때까지 생각하지 않으면 안 되는 문제다, 하고 4학년 아이가 말하고 있으니까요.

고미야마 료헤이 씨의 말을 다시 떠올려 봅니다.

어린이는 결코 쓸모없는 존재이거나 귀여운 애완물이

아니라, 인간의 일생에서 가장 풍요롭고 의미 깊은 노동을
하는 지적 노동자이자 인류의 창조성을 보장하는 원동력
입니다.

소중한 생명들 속에서

나는 오키나와의 도카시키 섬으로 옮겨 산 지 7년째에 접어듭니다. 도쿄에서 볼일을 마치면 기다렸다는 듯이 서둘러 섬으로 돌아옵니다.

섬에서는 원고를 쓰는 시간이 적고, 대개는 잠수해서 물고기를 잡는 섬 청년들을 따라 바다에 나갑니다.

물속에 들어가 작살로 한 마리씩 잡는데, 지금은 나도 꽤 능숙해져서 하루에 10킬로그램에서 15킬로그램 정도의 물고기를 잡을 수 있게 되었습니다. 어협에 내 통장이 있고 거기에 어획량과 금액이 차곡차곡 적히는 것이 내 즐거움 가운데 하나입니다.

재미있게도 둘이 가면 전체량을 2등분, 셋이 가면 3등분 합니다. 많이 잡은 사람이나 적게 잡은 사람이나, 실력이 좋은 사람이나 없는 사람이나 상관없이 모두 공평하게 나눕니다.

실력 없는 내가 끼면 자기들 수익이 줄어드는데도 싫은 얼굴 한번 하지 않고 기꺼이 나를 데리고 가 줍니다.

도카시키 섬이 있는 게라마(20여 개의 섬으로 이루어진 제도로, 오키나와 본섬에서 서쪽으로 40킬로미터쯤 떨어져 있다―옮긴이)의 바다는 산호초가 아주 아름답습니다.

잠수하여 바닷속으로 들어가면 문자 그대로 넋을 잃어버립니다.

자연이 아름다운 것은 그곳에 살고 있는 사람이 아름다운 자연을 아름답게 보존하려는 의지와 실천하는 힘을 지녔기 때문입니다.

자연 속에 사람이 살게 되면, 자연은 저절로 아름답거나 가만히 내버려 두어도 아름답거나 할 수 없게 됩니다.

섬의 자연이 아름답다고 하는 말 속에는 섬사람들의 마음이 아름답다, 생명에 기울이는 그 마음이 상냥하다는 생각이 담겨 있는 셈입니다.

섬사람들은 바다와 산을 더럽히는 것을 싫어합니다.

우리 집도 하수를 바다로 흘려보내지 않습니다. 증발산장치라는 것을 설치해서 오물을 박테리아로 분해하고 자연의 열로 증발시킵니다.

섬에는 나를 포함해서 전문 잠수어부는 몇 명밖에 없지만, 그 적은 인원끼리도 한 번 잠수해서 고기를 잡은 곳은 짧으면 보름, 길게는 몇 달씩이나 '비워' 두고, 그러니까 그 장소에 가지 않고 물고기가 자라기를 기다립니다.

남획의 시대에 반드시 익혀야 할 습관이라고 생각합니다.

섬사람들은 그렇게 자연을 소중히 여깁니다.

인정도 아주 두텁습니다.

두세 가지 일화를 소개하겠습니다.

섬으로 옮겨 간 지 얼마 지나지 않았을 무렵, 섬 주민들의 안내로 섬에 있는 밭을 둘러보고 있었습니다.

피망밭 앞에서 섬 주민이 물었습니다.

"오늘 먹을 채소는 있습니까?"

나는 고개를 저었습니다.

"그럼 좀 뜯어 드리죠."

그렇게 말하며 양손에 다 들 수도 없을 만큼 뜯어 주셨습니다.

나도 앞으로 자급자족할 수 있는 밭을 가꿀 생각이었기 때문에 비료는 언제 어떻게 주었냐고 물었더니, 글쎄요, 잘 모르겠네요, 하고 대답해서 나는 깜짝 놀랐습니다.

그러니까 남의 밭에서 피망을 따서 나에게 준 것입니다.

황당해하는 내 얼굴을 보더니 그분이, 소에야마 세이린 씨가 웃으며 말했습니다.

"섬 노인들은 자기가 키운 것을 남한테 대접하는 걸 좋아 하니까 받아 두세요."

물론 섬의 모든 노인이 내 것, 네 것의 구분 없이 지내는 것은 아니지만 섬사람들은 그렇게 무엇이든 서로 나누며 살고 있습니다.

예전에 나카무라 미노루라는 분이 쓴 《아마존의 교장 선생님》이란 수필을 읽었는데, 거기에서 이곳 주민이 이런 말을 합니다.

"나무에 열매가 열리면 3분의 1은 우리가 살아가기 위해 신에게 감사드리며 나무에서 따 먹는다. 3분의 1은 자손들을 위해 나무에 남겨 둔다. 나머지 3분의 1은 우리 외에 작은 생물들을 위해 따지 않고 둔다."

오키나와의 노인들도 비슷한 말을 자주 합니다.

"사물은 단순한 사물이 아니야. 사물에는 모두 생명이 깃들어 있어. 그것을 돈으로 바꾸게 되면서부터 인간은 망가졌어."

진지하게 곱씹어 봐야 할 말이라고 생각합니다.

나는 도카시키 섬에 와서 섬사람들이 어떻게 사는지 알게 되자, 이 섬 아이들은 어떤 교육을 받고 있을까 궁금했습니다. 그래서 섬에 온 지 1, 2년째에는 꽤 집중해서 선생님들과 이야기를 나누고 학교에도 찾아가 '수업'을 받기도 했습니다.

그리고 어쩌면 일본 교육에 한 줄기 빛을 가져온다면 그것은 '낙도'라 불리는 곳에서 이루어지는 교육이 아닐까 생각하게 되었습니다.

먼저 교육 환경이 좋습니다. 흔히들 낙도는 기계문명이나 사람과 접점이 적다는 것을 지적하며 교육 환경이 나쁘다고 하지만 나는 그렇게 생각하지 않습니다.

교육은 가정, 학교, 공동체 사회, 이 세 측면이 맡고 있습니다. 그것을 자연이 둘러싸고 있다면 아주 이상적인데, 낙도가 바로 그렇습니다.

먼저 가정인데, 섬은 반(半)자급자족 생활을 하니까 아이들은 가족 가운데 누군가가 밭에 나가거나 바다에 나가 일하는 모습을 봅니다.

자연을 대상으로 하는 일은 인간의 지식만으로는 제대로

해낼 수 없습니다. 자연을 경외하고 자연에서 배워야만 비로소 해낼 수 있는 법입니다. 이곳에서 아이들은 자연 속에서 부모가 일하는 모습, 부모가 공부하는 모습을 보고 배우기 때문에 가정교육을 위한 환경이 견고히 갖추어져 있습니다.

섬은 새, 나비, 곤충, 물고기 같은 다양한 생명의 보고입니다. 나는 물고기 이외에는 이쪽 방면의 지식에 어둡기 때문에 귀한 보물을 두고도 잘 활용하지 못하지만 아이들은 작은 생명들에 대해 놀랄 만큼 잘 알고 있습니다.

어릴 때부터 친구였으니 당연하다고 생각할 수도 있지만 학교에서 그 생태를 착실히 배우고 있습니다.

아이들은 손수 도감을 만듭니다.

〈도카시키 섬의 야생 새〉〈도카시키 섬의 야생 풀〉〈도카시키 섬의 물고기〉들을 아이들이 분담해서 만드는 것입니다.

물고기 부분을 소개하겠습니다. 1월에 4집이 나오니까, 졸업할 때까지 5집 정도는 만들겠지요.

가령, 이 도감에는 줄무늬문어에 대한 이야기가 있습니다. 오징어처럼 보이지만 특징을 읽어 보면 그 까닭을 알 수 있습니다.

"특징: 몸길이 60센티미터. 문어는 변신의 천재다. 보통은 산호를 흉내 내서 몸을 울퉁불퉁하게 만들고 색깔도 똑같게 만듦."

통의바리에 대해서도 소개해 놓았습니다.

"특징: 따뜻한 바다에 산다. 60센티미터. 생선회로 먹으면 맛있다. 국으로 끓여도 **최고**"라고 되어 있습니다.

"**최고**"를 굵은 글씨로 강조한 것이 재미있습니다. 자신의 생활과도 단단히 이어져 있는 셈이고요. 말 그대로 산지식이지요.

어릴 때부터 친구들을 알려고 이렇게 노력하고 있는 것입니다.

공동체 교육도 소홀히 하지 않습니다. 오키나와에는 애니미즘이라는 자연숭배 사상과 종교가 있습니다.

섬사람들은 존재하는 모든 것에 신이 깃든다고 생각합니다. 생명은 모두 똑같이 가치가 있다고 배웁니다.

그 정신도 배우고 형식도 배웁니다. 옛 세대에서 현세대로 그것들을 이어 주는 이상적인 형태인 제사가 오랜 옛날부터 있었습니다.

학교교육에도 독자적인 교육과정이 있습니다.

'땀사랑 교육'이라는 것인데, 곧 생산교육이지요. 논에서 쌀농사도 짓고 밭에서 채소도 기릅니다. 염소, 닭, 토끼 들도 기릅니다.

일 년에 두 번 '땀사랑 축제'라는 것을 여는데, 그때는 직접 만들고 기른 것들을 다 같이 요리해서 다 같이 즐겁게 먹습니다.

섬만의 독특한 교육이지요.

섬의 독자적인 교육은 또 있습니다.

〈우리의 도카시키 섬〉이라는 6학년 사회과 향토 자료가 있습니다. 도카시키의 초등학생은 해마다 육십 명 안팎, 6학년은 열 명 안팎인데, 그 열 명가량의 아이들을 위해 훌륭한 보조 교재를 만드는 것입니다. 분량은 백 쪽이 넘고 3분의 1은 컬러 인쇄입니다.

아이들은 이 책으로 도카시키 섬의 역사와 문화를 배우는데, 여기에는 큰 특징이 있습니다. 오키나와에서 벌어졌던 전쟁에 대해 배우는 것입니다.

오키나와 본섬이 미군에 공격당하기 전, 도카시키 섬을 비롯한 게라마 제도가 먼저 공격을 받았습니다.

그리고 세간에서는 '집단 자결'이라고 불리지만, 살아서 포로가 되는 치욕을 당하지 말라는 잘못된 교육을 받은 탓에 수많은 사람들이 목숨을 잃었습니다.

이 보조 교재는 꽤 많은 분량을 할애해서 그 전쟁을 전하고 있습니다.

일부를 읽어 보겠습니다.

일본군 특수부대와 주민들은 산속으로 도망쳤습니다. 공황 상태에 빠진 사람들은 피난소를 잃고 북쪽 끝의 서산으로 내몰려, 3월 28일 미리 지시받은 대로 집단으로 자결했습니다. 수류탄, 소총, 낫, 괭이, 면도칼 들을 갖고 있는 사람은 그나마 나은 편이고, 무기도 날붙이도 갖지 못한 사람은 끈으로 목을 매거나 산불의 불길 속에 뛰어들거나 이 세상에서 일어날 수 있으리라고는 생각할 수도 없는 참담한 광경 속에서 스스로 목숨을 끊었습니다.

희생자가 일본 장병 76명, 군인군속 87명, 방위대 41명에 비해 주민이 368명이라는 사실은 이 전쟁이 얼마나 처참했는지 말해 줍니다.

아이들은 이 사실, 이 역사를 공부하면서 눈물을 흘리지 않을 수 없을 것입니다.

'집단 자결'에 참여했지만 정신을 차려 보니 미군에게 구조되어 있더라는 사람들과 중상을 입었지만 간신히 목숨을 건진 사람들이 지금도 섬에 있습니다.

아이들은 전쟁을 지식으로서 배우는 것이 아니라 자기 할머니의 뒤통수에 왜 저렇게 큰 상처가 있는지 알게 되면서, 또는 자기 할아버지가 왜 그렇게 잔인한 방법으로 죽어야 했는지 이해하게 되면서 배우는 것이니 무척 고통스럽겠구나 생각합니다.

섬 아이들은 그런 힘든 공부를 하면서 생명의 존엄성을 배우고 생명이란 둘도 없이 소중한 것이라고 느낍니다.

내가 낙도에야말로 참된 교육이 있지 않을까 생각하는 까닭은 생명 교육이 기둥처럼 든든히, 그리고 묵직하게 관통하고 있다고 생각하기 때문입니다.

일찍이 하야시 다케지 선생은 생명에 대한 경외감이 동반되지 않는 교육은 교육이 아니라고 늘 말씀하셨습니다.

섬 아이들은 태어날 때부터 자연의 생명을 친구 삼아 살고, 자연에서 배우는 부모님의 모습을 보고 자라고, 학교에서는 그 친구에 대해 공부하고, 먹을거리는 모두 생명이라는 것을 배웁니다.

그리고 지금 전쟁으로 희생된 소중한 생명 위에 자신들이 서 있음을 진지하게 생각합니다.

아무리 지식을 쌓아도 사람들의 행복을 위해 쓰지 않는다면, 그 지식은 쓸모없을 뿐 아니라 남을 얕잡아 보거나 남의 불행을 밟고 올라서서 지위나 재산을 얻으려 하거나 자연을 파괴하거나 때로는 사람의 목숨을 빼앗을 만큼의 흉기가 되기도 합니다. 우리는 이 점을 깊이 생각해 볼 필요가 있지 않을까요.

교육은 모든 생명에 쓸모 있는 것이어야 합니다.

섬의 교육은 그것을 우리에게 가르쳐 주고 있는 듯합니다.

하이타니 겐지로 한국 초청 강연(2004년)

(번역 및 정리: 편집부)

사람의 마음이 없는 교육은
아이들 속으로 들어갈 수 없다

여러분 안녕하세요.

오늘 여러분과 만나게 되어 기쁩니다. 젊은 분들이 많이
오신 것 같아 무엇보다 기쁘게 생각합니다.

여러분 덕분에 제가 쓴 책이 한국에서 스무 권 가까이 번
역 출판되었습니다. 이렇게 많은 분이 읽어 주신 것을 영광
스럽고 고맙게 생각합니다.

저는 보기에는 조금 젊어 보일 수 있지만 이미 할아버지
입니다. 얼마 안 있으면 죽을 나이입니다. 그렇지만 오늘
여러분을 뵙고, 죽으면 안 되겠다, 당분간 더 건강하게 살
아 다양한 이야기를 써서 여러분이 읽을 수 있게 해야겠다
는 생각을 했습니다. 감사합니다.

이제 본론에 들어가겠습니다.

인간의 한 생명을 주인공으로 생각할 때, 생명의 주변에

는 뭔가 엄청난 폭풍이 몰아치고 있다는 느낌이 듭니다. 자세하게 말씀드리면 지금 이라크에서 굉장히 많은 사람들의 생명이 사라지고 있습니다. 아시는 바와 같이 그 일이 여러분의 나라나 일본과 상관없다고 할 수는 없습니다. 한국과 일본 사이에는 아주 불행한 과거가 있었습니다. 일본은 한국과 아시아 사람들에게 엄청난 고통을 주었습니다. 그것은 일본이 후세까지 지고 가야 할 고통입니다.

그리고 일본도 나가사키와 히로시마, 오키나와에서 전혀 죄가 없는 몇백 만의 사람들이 목숨을 잃었습니다. 그래서 많은 일본인들이 전쟁을 일으키는 것은 물론이고 전쟁을 가까이하지 말자고 맹세했습니다. 평화헌법으로 그 맹세를 분명히 밝혔습니다. 이 지구상에 평화헌법이 있는 나라가 두 곳 있습니다. 한 곳은 중남미에 있는 코스타리카이고, 또 한 곳은 일본입니다. 일본에 국한해서 말한다면, 반세기 동안 일본은 전쟁으로 생명을 잃은 적이 없었고, 밖으로 나가 사람을 죽인 적도 없었습니다. 이는 모두 평화헌법이 있었기 때문입니다.

그렇지만 지금 일본의 정치 지도자들은 전쟁의 비참함을 모르는 세대로 저보다 젊은 사람들입니다. 굉장히 유감스

럽게도, 일본에서는 평화헌법 자체를 개정하려는 움직임이
일어나고 있습니다. 물론 저는 그 일에 반대하고 있습니다.
무력을 포기하고 평화를 지키면서 사람의 생명을 무엇과도
바꿀 수 없는 귀중한 가치로 여기는 것이야말로 끝까지 추
구해야 하는 인류의 이상이라고 생각합니다.

오늘은 이런 걸 말하려고 온 것은 아닙니다.

이러한 일본의 상황에서 아이들은 어떤지를 말하려고 합
니다.

일본이나 한국이나 지금 우리는 아주 풍족하게 살고 있
습니다. 인간이 행복해지고자 하는 것은 당연한 일이고, 그
것이 나쁘다고 할 수 없습니다. 그러나 너무 많은 물질에
둘러싸여 그것을 누리고 사는 것도 행복의 하나라고 생각
하며 살고 있지만, 그것이 진정으로 인간을 행복하게 하는
지에 대한 의문은 여러분 마음속에도 있을 것입니다.

확실하게 말씀드릴 수 있는 것은 일본의 아이들은 결코
행복하지 않다는 것입니다.

학교에 가지 않는 아이도, 가지 못하는 아이도 많습니
다. 집단 따돌림, '이지메(왕따)'라고 하는 너무나 고통스러

운 현상이 일본 어느 학교에서나 일어나고 있으며, 범죄를 저지른 어린 소년, 소녀들이 수용소 같은 소년원에 들어가는 일도 많아졌습니다.

저는 어린이책으로 출발한 작가입니다.

많은 사람들이 제 작품을 읽게 된 계기가 되었던 《나는 선생님이 좋아요》가 나왔을 때는 일본에서 어린이문학이 가장 발전했던 시기였습니다. 약 25년 전인데, 서점에 어린이책이 가장 많이 진열되던 때였지요. 그런데 지금은 그때의 7분의 1밖에 되지 않습니다.

이렇게 풍요로운 시대에, 아이들이 서점에 가서 자기가 원하는 책을 구하지 못하는 현상이 일본에서 일어나고 있습니다. 이를 행복하다고 말할 수 있을까요? 분명히 행복하다고 말할 수 없을 것입니다. 어째서 이런 현상이 일어났을까를 생각해 보고 싶습니다.

한국이나 일본이나 자본주의 경제 시스템을 갖고 있습니다. 자본을 투자해서 이윤을 얻는 것을 나쁘다고 할 수는 없습니다. 그렇다고 기업이 아무런 제한 없이 얼마든지 돈을 벌어도 된다고 말할 수 있을까요?

여러분도 아시겠지만 일본에 자동차를 만드는 도요타라

는 회사가 있습니다.

올해에 도요타는 1조 엔에 이르는 이윤을 거두었습니다. 1조 엔입니다. 상상도 할 수 없는 금액이죠. 일본에는 차가 너무 많아서 교통사고로 죽는 사람이 해마다 늘고 있습니다. 그럼에도 도요타가 '교통사고를 줄여 주십시오' 하며 내놓는 돈은 한 푼도 없습니다.

이윤을 추구하는 것은 그렇다고 하더라도, 인간의 희생을 바탕으로 이윤을 추구하는 것이 허용되어도 되는 것일까요? 돈을 버는 게 좋은 것이고 선이 되는 사회에는 여러 가지 왜곡 현상이 나타납니다. 좀 전에 말한 어린이책이 줄어든 것도 그 한 가지 예라고 할 수 있습니다. 어린이책이 줄어드는 이유는 서점에 진열해도 팔리지 않기 때문입니다. 어린이책이 베스트셀러가 되는 일은 거의 없기 때문에 이익이 별로 없으니 해마다 어린이책이 진열되는 장소가 점점 줄어든 것입니다.

우리는 돈을 버는 세계와는 다른 차원에서, 우리의 문화를 키워야 한다고 생각합니다.

이것은 여러분도 잘 아실 거라고 생각합니다.

보호하고 지켜 주는 어른들의 힘이 있어서 아이들은 자

라고, 아이들 문화도 성립합니다.

자본을 투자해서 돈을 버는 세계와 그렇지 않은 세계를 제대로 구별해서 문화를 키우지 않으면, 문화 불모지가 되어버립니다.

인간의 생명보다 물질이나 돈의 가치를 위에 두려는 생각들이 있습니다. 그 생각이 잘못된 거라고 많은 사람들이 알고 있지만, 그럼에도 인간은 그러한 생각을 쉽게 고치지 못하는 너무나 약한 동물입니다. 그렇기 때문에 우리는 현실에서 아이들이 불행한 상황에 처해 있다는 것을 제대로 보는 일부터 시작해야 합니다.

한 가지 이야기를 들려드리겠습니다.

저는 열일곱 살인 여고생에게 편지를 한 통 받았습니다.

이렇게 시작합니다.

하이타니 겐지로 선생님, 오늘 《걸리버의 출항》이라는 책을 읽었습니다.

"걸리버는 내 친구"라는 말이 너무 멋있었습니다.

과장이라고 생각하실지 모르겠지만, 이 책은 저에게 살아갈 용기를 주었습니다.

제 소개를 드리면, 저는 고등학교 2학년인 평범한 여자 아이입니다. 작년 8월부터 자율신경실조증이라는 병으로 입원했고, 병원에서 여러 번 자살을 시도했습니다. 올해 7월 15일에는 4층 베란다에서 뛰어내렸는데, 기적같이 살아나 지금은 정신병원에 있습니다. 뛰어내릴 때 부러진 오른쪽 팔은 아무래도 못 쓸 것 같지만, 왼쪽 팔을 쓰면서 생활하고 있습니다. 지금까지도 늘 어떻게 하면 편하게 죽을 수 있을까를 생각하고 있었습니다.

이 여학생이 얼마나 괴로워하면서 살아왔는지 느끼실 수 있을 것입니다. 열일곱 살의 여학생이 죽는 것만 생각하면서 살아간다는 것은 견딜 수 없는 고통이며, 그것을 알게 된 저 또한 고통스러웠습니다.

여러 가지 일이 있었지만, 이 여학생이 우리 집으로 찾아왔습니다. 한눈에 보기에도 몸 상태가 굉장히 안 좋아 보였습니다. 편지에도 있듯이 오른쪽 팔은 뼈가 부러져서 깁스를 하고 있었고, 왼쪽 손목에는 칼로 그은 듯한 상처가 두 줄 나 있었습니다. 처음에는 몰랐는데, 목에 스카프를 두르고 있었습니다. 어쩌다 스카프가 풀렸을 때 보니 자살할 때

맨 끈 자국이 선명하게 남아 있었습니다. 몸이 정말 실처럼 가늘고 얼굴과 피부가 비쳐 보일 만큼 창백했습니다. 아주 건강이 나쁜 상태였습니다.

아이는 많은 이야기를 해 주었습니다. 아이가 그렇게 된 이유는 초등학교 2학년 때 집단 따돌림을 당했기 때문입니다. 사람은 집단 따돌림을 당하면 그것을 피하기 위해 여러 가지 태도를 취합니다. 그러면 이번에는 그런 태도를 이유로 다른 형태의 집단 따돌림이 시작되고, 이런 일이 반복됩니다. 무엇보다 이 아이가 불행하다고 생각한 것은 바로 이 점입니다.

인간 사회는 보통 아이에게 뭔가 힘든 일이 있으면 부모나 교사, 친구가 고민을 들어 주고 함께 생각해 주는 그런 소통이 원래부터 있습니다. 그런데 이 아이에게는 그것이 없었습니다.

이런 일이 가능하다고 생각하십니까? 이 아이가 산으로 간 것도 아닙니다.

인간은 서로 받쳐 주면서 살아간다고 할까, 서로 마음을 확인하면서 힘든 일이 있거나 울고 있으면, '무슨 일이 있니?' 하면서 물어보는 게 보통의 인간 사회입니다. 이 경우는 학교에서 일어난 일이니까 교사에게도 큰 책임이 있습니다. 이 아이는 고등학교 2학년이 될 때까지 자신의 고통을 들어 주는 교사를 단 한 명도 만나지 못했습니다. 어떻게 이런 일이 있을 수 있습니까?

거기에 이 아이의 슬픔이 있었다고 생각합니다. 인간은 자신의 고통을 이해해 주는 단 한 사람이라도 있으면, 어떻게 해서든지 힘내서 살아갈 수 있습니다.

부끄럽고 유감스럽지만, 그런 사람이 단 한 명도 없는 불행한 아이들이 일본에 많은 것이 현실입니다.

이 얘기만으로 끝나면 여러분도 괴롭고 기분이 안 좋아질 것 같습니다. 이 여학생에게는 여러 일이 있었습니다. 그중에서 제가 동무들과 함께 운영하는 '태양의 아이 유치원'에서 생활한 적이 있습니다. 유치원이니까 어린아이들이 많이 있습니다. 거기서 3개월 정도 아이들과 함께 생활했습니다.

그때 이 여학생이 제게 보낸 편지입니다.

하이타니 선생님, 늘 신세지고 있어서 죄송스럽습니다. ○○○입니다.

오랫동안 편지를 쓰지 못했습니다. 제 안에 있는 의존감 덩어리 같은 게 싫어져서 아무에게도 편지를 쓰지 않으려고 했습니다. 그런데 이렇게 도움을 많이 받고 있으면서도 어떻게 지내는지 소식을 전하지 않는 건 예의가 아니라는 생각에 점점 불안해졌습니다. 언제나 같은 식이지만, 꽤 많이 고민했습니다. 결국 편지를 쓰기로 했습니다. 읽어 주지 않으셔도 괜찮습니다. 아무쪼록 제가 그냥 쓰도록만 해 주세요. 저는 사람들과 이야기하는 것이 서투르고, 더구나 가족과는 거의 얘기하지 않습니다.

창피함을 무릅쓰고 고백하자면, 누구에게 전화를 할 때도 종이에 일일이 써 놓고 소리 내어 읽으며 통화를 합니다. 상대방이 써 있지 않은 내용을 말하면 금세 횡설수설합니다. 그런데 얼마 전에 한 가지 사실을 깨닫고 깜짝 놀랐습니다.

제가 '태양의 아이 유치원' 아이들과는 의식하지 않고도 자연스럽게 말할 수 있게 되었다는 것입니다.

아이들의 행동은 참 대단하다고 생각했습니다. 얼마 전에 아이들과 함께 종이로 고이노보리(일본 단오절에 다는 잉어 모양 장식물)를 만들고 있었는데, 재일 교포인 시혜라는 아이가 "순영이 것도 만들어 줘" 하고 말했습니다. 물어보니 순영이는 초등학교에 다니는 그 아이의 언니로 언니 몫도 만들어 달라는 말이었습니다. 시혜 마음속에는 늘 순영이도 있구나, 생각하니 시혜가 너무나 귀여웠습니다.

여러분, 이 문장의 의미를 이해하셨나요?

이 여학생은 언제나 외톨이였습니다. 그렇지만 유치원에서 어린아이가 자기 언니인 순영이 몫까지 만들어 달라는 것을 보고, 어린아이의 마음속에 언제나 언니가 살고 있다는 것을 발견한 게 이 여학생은 너무 기뻤던 것입니다.

'태양의 아이 유치원'에 갈 때마다 그런 사랑스러운 일들이 생겼고, 일기는 아이들과 있었던 일들로 가득 차게 되었습니다. 한번은 유치원에서 몸이 안 좋아 웅크리고 있었더니, 몸에 수건을 덮어 주거나 옆에 있어 주는 아이들도 있었습니다. 너무 당황스럽고 부끄러웠지만 아이들의 상냥함을 느끼고 가슴이 벅찼습니다. 아주 힘들었지만 그 아이들의 상냥함을 볼 수 없었다면 다시는 유치원에 갈 수 없었을 거라 생각합니다. 제가 아이들 곁에 있어 주는 것이 아니라, 아이들이 제 곁에 있어 주었습니다. 아이들에게 한없이 배우기만 합니다.

편지는 계속됩니다만, 이만큼으로도 충분히 아시겠죠?

유치원에서 어린아이들이 곁에 있어 주어 이제 이 학생은 더 이상 외톨이가 아니었습니다. 몇 번의 자살 시도로 정신병원에 강제로 들어가야 했을 만큼 심각했던 병이 낫게 된 것입니다. 신경질환으로 몇 번이나 자살을 시도하고 의사도 책임질 수 없다는 말을 듣던 여고생이 유치원 아이들과 함께 있으면서 병이 나았습니다.

인간은 신으로부터 어떤 능력을 받았는데, 그것은 뭔가를 배워서 변화할 수 있는 능력입니다. 저도 여러분도 마찬가지입니다. 그것은 학교 성적 따위와는 관계가 없습니다. 인간의 훌륭한 능력, 나는 이것을 아이들의 경우 '가능성'이라고 부릅니다.

이는 어느 아이나 다 갖고 있는 것입니다. 어느 아이나 그런 능력을 키워 나갈 권리가 있습니다.

학교 성적은 75퍼센트의 기억력에 따라 결정된다고 연구한 대학교수가 있었습니다. 75퍼센트의 기억력으로 인간의 능력을 결정해도 괜찮을까요? 인간은 점수로 측정할 수 없는 능력이 너무나 많습니다. 점수가 안 좋다는 이유로 능력이 없다고 생각해버려도 되는 것일까요? 이해되지 않는 일입니다. 그런데 그렇게 이해할 수 없는 일들이 일본의 학교에서는 일상으로 일어나고 있습니다. 그래서 일본의 아이들은 불행합니다.

학교에 가지 않는 아이가 이런 글을 썼습니다. 일본에서 학교에 가지 않는 것을 등교 거부라고 하는데, 학교 가지 않는 아이들을 모아 학급을 만든 적이 딱 한 번 있었습니다. 그 반에 있던 한 아이가 쓴 글입니다.

나는 다른 사람을 억지로 밀쳐 내면서까지 앞으로 나아가고 싶지 않다. 기차로 말하면, 다른 열차를 무시하면서 (연착시켜서)까지 빨리 목적지로 가는 특급열차는 좋아하지 않는다. 조금 늦더라도 모든 역을 알고 있는 완행열차가 더 좋다.

늦더라도 많은 것을 알고 가고 싶고, 내 의지와 함께 다른 사람의 의견도 존중하면서 가고 싶다.

자기 생각만 하는 사람보다 훨씬 좋다고 생각한다. 여행

을 하다가 완행열차를 탄 수많은 사람들을 보면서 문득 그
런 생각을 했다.

어떠십니까, 여러분.

선배 교사 한 분이 계셨습니다.
계셨다고 말한 이유는 최근에 돌아가셨기 때문입니다.
교사를 평생 천직이라고 생각하며 사신 분입니다. 교사
생활을 계속했고, 마지막에는 몸이 불편한 심신장애아를
가르치는 학교에서 교직 생활을 마쳤습니다.
그분, 다마모토 씨에게 그런 삶을 살게 한 원동력이 되었
던 한 아이의 글이 있습니다. 학교에 오지 않는 아이의 집
에 갔을 때 아이가 들이민 글이었습니다.

선생님은 낯선 사람이다
정말로
아이들을 좋아해서
선생님을 하는 걸까
돈을 벌려고

어쩔 수 없이 찾아오는 걸까
나는
그게 제일 궁금하다

교사에게는 상당히 고통스러운 문장입니다만, 다마모토 씨는 아이의 말을 평생의 보물로 여겼습니다. 액자에 넣어 늘 책상 위에 놓아두었습니다. 그분의 삶의 방식을 결정한 것은 아이가 쓴 이 글이었던 것입니다.

일본 아이들의 삶을 말씀드리는 가운데 어두운 면이 많았지만, 그럼에도 최선을 다해 노력하는 일본의 교사들도 많다는 것을 알려드리고 싶습니다.

사람의 마음을 소중하게 여기는 교사와 점수를 중요하게 여기는 교사의 차이가 무엇인지 여러분과 함께 생각해 보고 싶습니다.

졸업할 때까지 백 편 가까운 글을 쓴 아이가 있었습니다.

굉장히 많은데, 사와 마사히코라는 이 아이가 쓴 글은 일곱 편을 빼고는 전부 자기 집에서 기르고 있는 '소'에 대한 이야기입니다. 지금부터 읽어드리는 것은 소에 관한 것만 있습니다.

글의 제목은 언제나 '소와 나'입니다.

소가 좋아합니다. 원래는 꼬리를 별로 흔들지 않는데 요즘은 자주 흔듭니다. 소는 힘센 소도 있고 약한 소도 있습니다. 얼굴이 길쭉한 소도 있습니다. 소도 싫은 소와 좋은 소가 있습니다. 지금 기르고 있는 27만 엔짜리 소가 좋습니다.

다카하시와 오카는 나더러 '소똥치기'라고 놀립니다. 나는 "소똥 치우는 게 뭐가 나빠?" 하고 말했습니다. 집에 돌아와서 또 똥을 치웠습니다. 깨끗하게 기르면 소도 기분 좋을 거라고 생각합니다. 소를 더럽게 키우는 집은 소젖도 안 나옵니다.

내가 소 혀를 만지니까 꿈틀거렸습니다. 소 혀에 내 혀를 맞대니까 꿈틀거려서 기분이 안 좋습니다.

소가 병에 걸렸습니다. 가즈마사네 소보다 훨씬 많이 아

팠습니다. 내가 외양간에 들어가 소 다리를 짚으로 문질러
주니까, 눈물이 마음속에서 울고 있습니다.

이 문장은 아주 서투른 일본어로 쓰여 있습니다. 실제 문
장은 오류투성이입니다.

사와는 이 글을 지게 선생님께 가져갔습니다. 지게 선생
님은 이 서툰 문장을 보고 뭐라고 했을 것 같습니까? 지금
여러분이 사와의 담임선생이라고 생각해 보십시오.

오류투성이인 문장을 가져왔습니다. 어떻게 하시겠습니
까?

"그래도 아이의 마음이 담겨 있으니까 뿌듯하지 않을까
요?"(참가자)

지금 말씀하신 분은 굉장히 훌륭한 선생님이 될 수 있는
자질이 있습니다.

이런 경우 선생님이 취하는 태도는 두 가지로 나뉩니다.
먼저 오류투성이인 문장을 고쳐 주려는 교사가 있을 것입
니다. 그게 잘못이라고 할 수는 없습니다. 잘못은 아니지

만, 사람의 마음이 담겨 있지 않습니다. 사와의 담임, 지게 선생님은 뭐라고 말했을까요?

이렇게 말했습니다.

"사와야, 정말 대단하구나. 사와는 선생님보다 훌륭해."

교사가 진정 마음으로 대한다면, 이 글의 가치가 어디에 있는지 누구라도 알 수 있을 겁니다.

백 편 가까이 소에 대해서만 썼지 않습니까? 그보다 대단한 건 없습니다. 사와가 가진 소에 대한 뜨거운 마음은 너무나 소중한 것입니다. 점수와 바꿀 수 있겠습니까? 잘못된 문장을 고쳐 주는 것도 중요하지만, 무엇보다 사와의 마음을 소중히 여겼기 때문에 지게 선생님은 "사와야, 정말 대단하구나. 사와는 선생님보다 훌륭해" 하고 말한 것입니다. 바른 문장을 쓰게 하는 지도는 그 뒤에 해도 괜찮지 않을까요?

이번에는 여러분이 사와의 입장이 되어 보십시오.

고생해서 쓴 글을 선생님께 가져갔습니다. 여러분은 공부를 잘 못하는 학생입니다. 공부 못하는 여러분이 고생하면서 글을 써서 가져간 것입니다. 그러자 선생님이 '정말 대단하구나, 넌 훌륭해' 하면서 눈물까지 머금으며 기뻐해 주셨습니다. 어떻습니까?

그런 선생님이 되어 주십시오.

성적도 하나의 데이터입니다. 그걸 전부 무시하라는 건 아닙니다. 단지 사람의 마음이 없는 교육이라면, 그 교육은 아이들 속으로 들어갈 수 없다는 점을 말하는 것입니다.

일본에는 '무언가를 전할 때는 정을 가지고 해야 한다'는 옛말이 있습니다. 다른 사람에게 무언가 전할 때는 따뜻한 마음을 담아서 하라는 말입니다. 그렇지 않으면 무엇을 전하려고 하든, 무엇을 가르치려고 하든, 그것은 불가능하다는 의미입니다.

지금 일본의 교육은 '무언가를 전할 때 정을 가지고 한다'는 옛사람들의 마음가짐이 없어졌거나 옅어졌다고 말할 수 있습니다.

또 한 명의 교사에 대해 말씀드리겠습니다. 제 스승에 대한 이야기입니다.

저는 1934년생입니다. 이젠 비틀비틀대는 노인네입니다.

제가 어릴 적에는 지금 이라크처럼 미국이 폭탄을 떨어뜨려서 그 아래를 여기저기 도망 다니며 지냈습니다. 많은 사람이 죽었습니다. 시체들 속에서 살아남아 지금 여기 있습니다. 그래서 저는 전쟁을 너무 싫어합니다.

당시 일본에서는 폭탄의 위험에서 어린아이들을 보호해야 한다는 생각으로 아이들을 부모한테서 떼어 시골로 이주시켰습니다. 몸에 이가 득실거리고 먹을 것이 적어 너무 고통스러운 생활이었습니다.

그 뒤에 일본이 전쟁에서 지고 저는 고향인 고베로 돌아왔습니다. 그러나 이번에는 먹을 것이 없었습니다. 우리는 여섯 형제였습니다(몇 년 뒤에 여동생이 태어나 모두 일곱 형제가 되었다—편집부). 당시 고베에서 일하고 있던 아버지와 큰형을 남기고, 그래도 조금 먹을 것이 있었던 오카야마 현 미즈시마로 나머지 식구들은 이주했습니다.

그때 불행이 닥쳤습니다. 아버지와 큰형이 탄 기차가 탈선하여 두 분 다 머리에 중상을 입었습니다. 우리가 사는 곳으로 사고 연락이 왔습니다. 어머니가 너무 놀라 고베로 달려갔습니다. 그때 어머니는 우리에게 한 되 분량의 보리쌀을 남겨 두셨습니다. 그리고 이렇게 말했습니다.

"엄마가 일주일 안에 한 번은 꼭 올 테니까 이 보리 한 되로 버텨 봐라."

우리는 보리쌀 한 되를 일주일분으로 생각하고 7등분으

로 나누었습니다. 그것을 물에 담가 보리밥을 지은 다음 다시 3등분해서 거기에 무 줄기 들을 섞은 뒤에 형제들이 나누어서 먹었습니다.

그런데 하루에 세끼를 먹긴 했지만 절대적인 양이 부족했기 때문에 배가 고파서 견딜 수가 없었습니다. 그래서 그만 잘못을 저지르고 말았습니다. 이틀만 참으면 어머니가 오실 거라고 생각한 우리는 이틀치 보리쌀로 밥을 했습니다. 이틀치 밥을 밥통에 담아 두고 학교에 갔습니다.

학교에서 돌아와 보니, 가장 어린 여동생과 남동생의 입가에 밥알이 붙어 있었습니다. 이 녀석들이 밥을 먹은 게 분명하다고 생각하고 밥통을 열어 보니 텅 비어 있었습니다. 아직 어린 애들이 배가 고프니까 보리밥이 있으면 먹는 건 어쩔 수 없지요. 그런데 이틀을 굶어야 한다고 생각하니 아득하더군요. 눈앞이 캄캄해진다는 게 바로 이걸 두고 하는 얘기 같았습니다.

두 끼를 굶자 우리는 거의 쓰러질 듯했습니다. 일어날 수도 없었습니다. 텔레비전에서 아프리카의 굶주린 아이들이 배는 불룩하고 눈만 반짝반짝 빛나던 모습을 보았을 겁니다. 못 먹어서 움직이지도 못했던 동생들의 눈이 반짝반짝

빛났던 것을 기억하고 있습니다.

그때 작은형이 도둑질을 하러 가자고 했습니다. 어른이 되면 소설가가 되려고 한 저는 도둑질을 하러 갈 만큼의 근성은 없었습니다. 하지만 커서 권투 선수가 된 형은 저와 달리 어려서부터 근성이 있었습니다. 결국 저는 먹어야겠다고 생각하고 형과 함께 도둑질을 하러 갔습니다. 학교 뒤편에 옥수수밭이 있었는데, 옥수수가 잘 익어 있었습니다. 그걸 훔치러 갔습니다.

그런데 옥수수를 줄기에서 떼어 내자, '빠직' 하고 큰 소리가 났습니다. 옛날 일본 학교에는 숙직 선생님이 계셨는데, 소리가 나자 숙직실에 불이 켜졌습니다. 그리고 "거기 누구야!" 하는 고함 소리가 들렸습니다. 저는 마음이 약해서, 좋게 표현하면 섬세해서 그 고함 소리에 놀라 움직이지 못했습니다. 오줌을 지릴 정도였습니다. 형은 재빨리 도망갔습니다.

하지만 형은 상냥한 면이 있어서 내가 꼼짝 못하고 있는 걸 알고는 다시 돌아왔습니다. 그래서 선생님께 같이 붙잡혔습니다. 그런데 행운인지 불행인지 모르지만, 우릴 붙잡은 선생님이 제 담임이었던 소다 선생님이었습니다.

도둑질을 한 우리에게 소다 선생님이 뭐라고 말했을까요?

짧은 말이었기 때문에 확실히 기억하고 있습니다.

소다 선생님은 체격도 크고 유도 유단자였습니다. 아이들이 장난을 치면 "전기 안마다!" 하면서 억센 손으로 아이의 어깨를 꽉 잡았습니다. 너무 아파서 나는 언제나 오줌을 지릴 만큼 무서워하는 선생님이었습니다. 그때 너무 무서워서 떨고 있었던 걸로 기억합니다.

선생님이 어떤 말씀을 하셨을까요?

"어째서 그랬니? 이유를 말해 봐라" 하고 말씀하셨습니다.

"왜 그랬어? 이유를 말해 봐."

저는 울면서 이유를 얘기했습니다.

선생님은 "그랬구나. 힘들었겠구나"라고 하셨습니다.

기다리라고 하시더니 아침에 다른 선생님들이 학교에 오자 사정을 설명하고는 저와 형을 집으로 데리고 갔습니다. 선생님 댁은 대대로 농사를 짓는 집안이었기 때문에 쌀도 있었습니다. 하얀 쌀밥을 해 주면서 "배부르게 많이 먹어라" 하셨습니다.

그때 일은 확실하게 모두 기억하고 있는데, 기억하지 못

하고 있는 건 흰 쌀밥의 맛입니다. 죽을 만큼 배가 고팠는데 흰 쌀밥의 맛을 기억하지 못한다는 걸 어떻게 생각하십니까?

어린 마음이 너무나 괴로웠기 때문이라고 생각합니다. 밥맛을 느낄 만큼 마음의 여유가 없었던 것 같습니다. 선생님은 주먹밥도 만들어 주시고, 봉지에 쌀도 넣어 주시면서 "빨리 갖고 가서 동생들 먹여라" 하고 말씀하셨습니다.

정말로 말하고 싶은 것은 지금부터입니다.

열 살밖에 안 된 아이 때의 일입니다. 저는 오카야마에 있는 그 학교에 3개월밖에 다니지 못하고 다시 고베로 왔습니다. 소다 선생님과도 그때 이후로 연락이 끊겼습니다. 시간이 흘러 저는 어른이 되었고, 작가가 되었습니다.

오카야마 텔레비전 방송국 주최로 작가 세 명을 모아 놓고 이야기하는 행사가 있었습니다. 방송국 대기실에 있는데, 누군가 "하이타니 선생님, 손님입니다"라고 했습니다.

누구일까, 하고 밖에 나가 보니 몸집이 큰 노인이 서 있었습니다.

"나다. 소다. 알아보겠냐?"

큰 소리로 말씀하셨습니다.

잊을 리가 없지요.

그런데도, 아무 말도 못 했습니다.

선생님 손만 꽉 잡고 있을 뿐, 뭔가 말을 하려고 하니 눈물이 쏟아질 것 같았습니다.

그때 방송이 시작되었는데, 저는 거기에 온 사람들에게 어릴 적 이곳에 살 때 도둑질을 한 적이 있다고 얘기했습니다. 그리고 실은 지금 여기에 그때의 소다 선생님이 와 계신다고 말했습니다. 행사장이 술렁거렸습니다. 나는 소다 선생님께 "선생님, 죄송하지만 좀 일어서 주시겠습니까?" 하고 말했습니다. 선생님은 흔쾌히 일어서 주셨는데 원래 몸집이 좋으시니까 눈에 잘 띄었습니다. 누군가가 박수를 치기 시작했고, 모두 같이 치기 시작했습니다.

저는 그렇게 크고 긴 박수를 지금까지 받아 본 적이 없습니다. 분명 그때 박수를 쳐 주신 분들은 굶주림에 떨고 있는 아이의 편이 되어서, 또는 굶주린 아이를 앞에 두고 "어째서 그랬니? 이유를 말해 봐" 하고 얘기하던 소다 선생님의 마음이 되었던 거라고 생각합니다.

제 마음속에는 소다 선생님이 늘 살아 계십니다. 잊을 수가 없습니다.

선생님은 마지막으로 뵙고 나서 6년 뒤에 돌아가셨지만, 아무리 시간이 지나도 언제나 제 마음속에 살아 계십니다.

앞서 일본에서 소년 범죄가 자주 일어난다고 말씀드렸는데, 소년 범죄가 발생할 때마다 소다 선생님의 말씀을 떠올립니다.

"어째서 그랬니? 이유를 말해 봐라."

죄를 진 아이에게 "어째서 그랬니? 이유를 말해 봐라" 하고 말할 수 있는 애정을, 선생님들은 가지고 계십니까?

일본에서는 소년법을 개정해서 죄를 지은 아이들의 죄를 더 무겁게 하려고만 했습니다.

그게 아이들에 대한 애정일까요?

"어째서 그랬니? 이유를 말해 봐라."

그 한마디가 없었다면, 제가 오늘 여기 앉아서 여러분께 이런 말씀을 드릴 수 있는 인간이 되었을지 의문입니다.

교육은 정말 대단한 힘을 가지고 있습니다. 그러나 교육은 양날을 가진 칼입니다.

자살 시도를 반복하는 아이처럼 생명조차 버리지 않으면 안 되는 상황을 만드는 것도 교육입니다.

어째서 이렇게 된 것일까요?

반복하는 것 같지만, 교육 속에 가장 중요한 '마음'을 받아들이고 '마음'을 전하는 것이 빠져 있기 때문입니다.

　여러분 중에는 어른도 있고 학생도 있지만, 모두 성인입니다. 자신의 노력으로 지금이 있다고 생각하십니까? 물론 그럴 수도 있습니다. 그러나 여러분이 지금 이 자리에 있는 것은 여러분을 사랑해 준 가족, 선생님, 친구 같은 많은 생명들이 여러분을 지탱해 주었기 때문입니다. 그렇게 생각한다면 여러분의 생명도 누군가의 생명을 지탱해 주는 하나의 생명에 지나지 않는다는 사실을 알게 될 것입니다.

　'내 생명이니까 어떻게 하든지 내 멋대로 한다'고 말할 수는 없습니다. 생명과 마음은 같은 의미를 갖고 있습니다. 그만큼 소중합니다. 그러므로 그 소중한 것을 정치에서, 기업에서, 교육에서 살려야 합니다. 물질이나 돈도 중요하지만 생명이 무엇보다 소중하다는 생각을 우리 생활 속에 정착시키는 것이 중요합니다.

　지금 제 주소지는 오키나와의 도카시키라는 작은 섬입니다. 이곳에 산 지 14년이 되었는데, 인구가 700명인 적당한 규모의 공동체입니다. 섬사람들은 이곳의 산호초가 세계에서 가장 아름답다고 자랑합니다. 실제로 자연은 너무나 아름답습니다.

저는 이곳에서 섬사람들의 생활과 아이들의 교육을 보면서 오늘날 일본 교육을 구할 수 있는 길이 이곳에 있지 않을까, 하고 생각하게 되었습니다. 반복해서 말씀드린, 생명의 교육이 거기에 있기 때문입니다.

섬의 자연은 풍요롭습니다. 자연 속에는 다양한 생명이 있습니다. 곤충, 작은 새, 물고기와 같이 살아 있는 생명체가 많이 있습니다. 섬 아이들은 그 조그마한 생명들을 제대로 공부하고 있습니다. 이것은 섬 아이들이 그린 그림인데, 도카시키 섬의 야생 조류, 도카시키 섬의 식물, 도카시키 섬의 물고기, 그리고 별도 있습니다.

나는 섬에 가면 어부를 따라 바다에 잠수해서 물고기를 잡기 때문에 물고기에 대해서는 누구보다 자세히 알고 있습니다. 아이들이 만든 도감을 보면 섬 아이들이 작은 생명에 대해 얼마나 확실하게 공부하고 있는지 알 수 있습니다.

여기에 줄무늬문어라는 항목이 있습니다. 이 문어는 우리가 알고 있는 문어처럼 보이지 않고 오히려 오징어처럼 보입니다. 그래서 보통은 이상하다고 느낍니다. 하지만 도카시키 섬의 문어는 이런 모양입니다. 왜냐하면 문어는 자기가 살고 있는 환경에 맞게 모양이나 색을 바꾸는데, 도카시키 섬은 산호초로 이루어져 있기 때문입니다. 그래서 이런 모양이 되었습니다.

아이들이 실제로 섬의 물고기를 보고 그렸다는 걸 알 수 있습니다. 그리고 이 그림들이 섬 생활과도 연결되어 있음을 알 수 있습니다.

여기에는 또 오키나와 사람들이 '아카미바이'라고 부르는 물고기, 통의바리 이야기가 있습니다. 조금 읽겠습니다.

특징: 따뜻한 바다에 산다. 60센티미터. 생선회로 먹으면 맛있다. 국으로 끓여도 최고.

섬사람들은 이 물고기를 먹을 때 회가 가장 맛있고 국으로 끓이면 최고라는 말을 하는데, 그걸 아이들이 제대로 듣고 있었던 겁니다.

섬 아이들은 생산적인 교육을 받고 있습니다.

'먹는 건 직접 만든다'는 교육이 따로 있습니다. 섬 선생님들은 그 교육을 '땀사랑 교육'이라고 부릅니다. 쌀을 재배하고 채소를 키웁니다. 염소나 닭도 기릅니다. 일 년에 두 번, 땀을 사랑하는 축제가 있는데, 자기들이 직접 기른 것으로 맛있는 요리를 해서 함께 먹습니다. 섬 아이들은 '음식은 전부 생명'이라는 것을 잘 알고 있습니다.

염소 고기를 먹을 때는 염소를 죽여야 합니다. 아이들에게는 너무 고통스러운 일입니다. 그래서 아이들은 음식에 감사하는 것입니다.

그리고 실은 너무나 중요한 이야기인데, 오키나와 도카시키 섬은 오키나와 전쟁 때 아주 많은 희생이 있었습니다. 잘못된 교육 때문에 죄 없는 많은 주민들이 학살당했습니다. 집단 자결이라고 하는데, 포로로 잡힐 것 같으면 스스로 목숨을 끊으라고 교육받았습니다.

그래서 포위된 사람들은 몇 군데로 나뉘어 동그랗게 모인 뒤 가운데에 수류탄을 터뜨렸습니다. 50여 년 전의 일입니다. 집단 자결에서 살아남은 할아버지, 할머니가 섬에 많이 계십니다. 그 고통스런 역사를 아이들이 배우고 있습니다.

아이들이 만든 〈우리의 도카시키 섬〉이라는 향토 자료에는 섬에서 일어난 전쟁이 적혀 있습니다. 이것은 오키나와의 전쟁을 대표할 수 있는, 일본인이라면 많은 사람들이 알

고 있는 사진입니다. 미군에게 구조된 여자아이의 사진인
데, 이분은 지금 섬에 살아 계십니다. 아이들이 배우는 내
용 가운데서 집단 자결 부분을 읽겠습니다.

일본군 특수부대와 주민들은 산속으로 도망쳤습니다.
공황 상태에 빠진 사람들은 피난소를 잃고 북쪽 끝의 서산
으로 내몰려, 3월 28일 미리 지시받은 대로 집단으로 자결
했습니다. 수류탄, 소총, 낫, 괭이, 면도칼 들을 갖고 있는
사람은 그나마 나은 편이고, 무기도 날붙이도 갖지 못한
사람은 끈으로 목을 매거나 산불의 불길 속에 뛰어들거나
이 세상에서 일어날 수 있으리라고는 생각할 수도 없는 참
담한 광경 속에서 스스로 목숨을 끊었습니다.

전쟁과 아무런 관계가 없는 사람들이 가장 많이 죽임을
당한 겁니다. 지금 도카시키 섬 인구가 700명 정도니까 반
이상의 사람들이 집단 자결로 살해당한 것입니다.
아이들은 이 사실을 배우고 있습니다. 자기 할아버지, 할
머니가 왜 한쪽 눈이 찌그러졌는지, 머리에 상처는 왜 생겼
는지 처음으로 알게 됩니다. 아이들은 배우면서 울고 있을

것입니다. 어릴 때부터 작은 생명체들을 친구로 삼으면서 지금의 자기가 할아버지나 할머니의 희생이 있었기 때문에 있을 수 있다는 것을 아는 아이들이, 과연 어른이 되어 전쟁을 일으키거나 전쟁에 가까이 갈 수 있겠습니까?

마지막으로, 이 섬에만 있는 어떤 행사를 알려드리고자 합니다.

오키나와는 자연환경이 너무나 좋고 식생활도 좋기 때문에 장수하는 분이 참 많습니다. 그래서 특별한 축하 행사가 있습니다. 아흔일곱 살이 되면 '가지마야 이와이'라는 걸 합니다(가지마야는 '바람개비', 이와이는 '축하'를 뜻한다 – 편집부). 저도 얼마 전에 그 축하 행사에 참가했습니다. 고하구라 우타 할머니가 주인공이었습니다.

작은 트럭의 네 모퉁이에 붉은색과 흰색을 칠한 기둥을 세우고, 그 기둥에 바람개비를 꽂습니다. 그 위를 금실과 은실로 꾸민 다음 할머니와 친척들이 이 트럭을 타고 마을을 돕니다. 여러 가지 마을 의식을 치르는데, 마지막 의식은 도카시키 초등학교에서 있었습니다.

의식이 끝나자 할머니는 아름다운 목소리로 노래를 불렀습니다.

만약에 만약에

거북아 거북아

세상에서 너만큼 오래오래…….

노래가 끝나면 아이들은 "와─" 하고 소리를 지르면서 할
머니한테 달려듭니다. 그리고 할머니의 몸을 어루만집니
다. 그러면 할머니는 아이들을 아주 사랑스럽게 바라보면
서 트럭 네 모퉁이 기둥에 꽂았던 바람개비를 하나씩 빼내
어 아이들 한 명 한 명에게 나누어 줍니다.

바람개비를 주면서 할머니는 "너도 나를 닮아 오래 살아
야 한다" "너도 오래 살아야 한다" "너도 나를 닮아라" 하는
말을 꼭 해 줍니다.

고하구라 우타 할머니도 집단 자결의 지옥에서 간신히
살아남은 분입니다.

아이에게 "너도 나를 닮아 오래 살아야 한다"라고 말하는
할머니의 마음은 실제로는 너무나 고통스럽습니다. 많은
사람들이 죽고 그 생명을 받아 우리가 살고 있으니까요.

나도 희생을 딛고 살아남아 왔으니까, 너희도 희생을 딛
고 태어났으니까 오래 살아야 돼.

이 말이 가장 중요합니다.

생명은 무엇과도 바꿀 수 없다는 것을 깨닫는 지혜가 인간이 다다라야 하는, 가장 최고로 추구해야 하는 지혜라고 생각합니다.

오늘 정말 열심히 들어 주셔서 고맙습니다.

통역하는 강연은 처음이라 무사히 마칠 수 있을까 너무 많이 걱정했습니다. 하지만 여러분의 따뜻한 마음에 힘입어 두 시간이 순식간에 지나갔습니다.

감사의 마음을 전합니다. 정말 고맙습니다.

옮긴이 | 햇살과나무꾼

동화를 사랑하는 사람들이 모여 만든 곳으로, 세계 곳곳에 묻혀 있는 좋은 작품들을
찾아 우리말로 소개하고 어린이의 정신에 지식의 씨앗을 뿌리는 책을 집필하는
어린이책 전문 기획실이다. 《내가 만난 아이들》《모래밭 아이들》《소녀의 마음》
《선생님, 내 부하 해》《하늘의 눈동자》 같은 하이타니 겐지로 선생님의 주옥같은
작품들을 옮겼으며, 그 밖에 《침묵의 카드 게임》《열일곱 살 아빠》《그리운 메이
아줌마》《워터십다운의 열한 마리 토끼》《내가 나인 것》 들을 우리말로 옮겼다. 지은
책으로는 《위대한 발명품이 나를 울려요》《마법의 두루마리》 시리즈 들이 있다.

상냥한 수업
하이타니 겐지로와 아이들, 열두 번의 수업

1판 1쇄 | 2018년 9월 10일   1판 2쇄 | 2019년 12월 12일

글쓴이 | 하이타니 겐지로   옮긴이 | 햇살과나무꾼
펴낸이 | 조재은   편집부 | 김명옥 육수정
영업관리부 | 조희정 정영주

펴낸곳 | (주)양철북출판사
등록 | 2001년 11월 21일 제25100-2002-380호
주소 | 서울시 마포구 양화로8길 17-9
전화 | 02-335-6407   팩스 | 0505-335-6408
전자우편 | tindrum@tindrum.co.kr
ISBN | 978-89-6372-278-8 03830   값 | 13,000원

편집 | 김명옥   디자인 | 표지·오필민 본문·육수정

아이들에게 배운 것, 다우출판사, 2003
© 하이타니 겐지로, 2018

잘못된 책은 바꾸어 드립니다.